D0588488

NE DIS RIEN

MARIE-GENEVIÈVE CADIEUX

Ne dis rien

roman

À Katia,

un récit d'ombres et
de lumière, une histoire
d'espoir.

Je te souhaite une
bonne lecture !

Sincèrement
Marie-Geneviève
27 mars 04

LES HERBES ROUGES

Nous remercions le Conseil des arts du Canada
de l'aide accordée à notre programme de publication.

Les Herbes rouges bénéficie du soutien du ministère
du Patrimoine canadien et de la Société de développement
des entreprises culturelles du Québec pour son programme d'édition.

L'auteure remercie le Conseil des arts du Canada
pour son soutien financier.

À Hugues Corriveau

Qu'est-ce qu'il pourrait y avoir à comprendre chez qui se referme sur son désir et sur sa mort? Que quelqu'un m'ait dit «je t'aime» et quelqu'un d'autre — presque au même moment — «vous mourez» —, il n'y en a rien à dire sinon l'étrange territoire que cela laisse au corps, à tout ce corps qui subitement devient son propre mensonge, une intolérable fraude où tout à coup se bousculent, ricanant croirait-on, tant de cadavres depuis toujours si mal enterrés.

NORMAND DE BELLEFEUILLE,
Notte Oscura

1

AMALGAME

LA LECTRICE DE PLAIES

Hubert, l'assistant de Pascale, porte une femme nue dans ses bras comme s'il venait de l'épouser ou de la sacrifier. La tête et la chevelure noueuse pendent.

Le sol attire les morts.

Pascale remarque que le plancher de céramique blanche est maculé de traces de pas verdâtres. Hubert a marché dans la grande flaque boueuse de la ruelle par laquelle on accède au laboratoire.

Pascale referme la porte. Pendant ce temps, Hubert dépose le corps nu et rigide sur la table. Il feuillette ensuite son carnet de notes.

— Attends... attends... Voilà! Elle s'appelle Élise Olivier. Elle a succombé à une rupture d'anévrisme. Âge : quarante-trois ans.

— Tu as bien dit Élise Olivier?

— Oui, Pascale.

Assis sur l'unique chaise du laboratoire, Hubert défait les boucles de ses lacets, retire ses souliers. Usés, ils contrastent avec sa tenue soignée et quelque peu démodée.

Pascale va à l'évier, nettoie ses mains — à l'aide d'une solution antiseptique — pour éviter les interférences lors de la lecture des plaies de la morte. C'est qu'elle possède le don de percevoir, chez les morts qu'elle doit embaumer, les blessures qui ne cicatrisent pas. Elle n'a qu'à effleurer les plaies et marques pour visualiser comment elles ont été produites, entendre ce à quoi pensait la personne à ce moment-là.

VOIX

Encore nuit?
Brume à l'intérieur de la chambre.
Je bouge, m'assois. Me voilà écluse ouverte, flot tiède qui s'écoule d'une cuve de plomb.
Mon ventre.

*

Je pousse du bout des orteils le sous-vêtement bon pour la lessive. Pourquoi ne pas le jeter par la fenêtre? Question de ne plus voir, comme dirait Jean, mon oncle, ces *«pétales rouges nés du ventre»*.
Il conservait mes culottes maculées de sang.
«Un jour, Élise, je les exposerai.»
Quatre heures du matin.
Assise sur la sécheuse, j'aperçois par la fenêtre, qui surplombe une étagère, la lune si lointaine.

Lointaines, aussi, les oies du printemps qui cacardent au-dessus de la salve des carabines.

Sous moi, la chaude vibration. J'ai encore sommeil... sommeil... Sonnerie au loin...

Le téléphone!

Courir dans le noir jusqu'à la chambre.

Une profonde respiration sur fond sonore peuplé de voix basses et de signaux. Je ne parviens pas à articuler les mots. Des mains couvrent mes yeux, ma bouche, appuient sur mes oreilles.

Pompe et pompe le cœur.

Je raccroche.

Dents contre paume.

Étendue sur le lit, le téléphone posé sur le ventre, je crois entendre de nouveau le souffle. J'étire le bras pour allumer la lampe de chevet. Lumière sur la nudité des murs de la chambre. Lumière sur moi. Seule. En parfaite maîtrise de mon corps et de mes jours. Ce, malgré la douleur sourde au ventre, le périmètre silencieux autour du chalet, la respiration de Jean, en moi, tel un corps étranger.

Il n'y a que lui pour désirer le son de ma voix en pleine nuit.

Je reprends le combiné et vérifie le numéro du dernier demandeur.

— Toi?

L'émotion? L'hésitation?

— Oui, Élise... Bonjour.

Jean murmure. J'écoute ce *père* adoptif qui me contacte après onze ans d'absence. Je ne lui pose pas la moindre question sur son humeur, sa santé, ses créations artistiques. Comme si la vie des autres et mes relations m'importaient peu... J'ai perdu toute curiosité le jour du décès de mes parents. Or, au plus profond de moi : «Jean... Qu'est-il arrivé à mes parents?... Tu étais présent sur les lieux du drame?...»

À deux mains, je tiens le combiné. J'entortille le fil autour de mes doigts. Lien palpable. Ne perdre aucun mot. La sueur coule entre mes seins, le long de mon dos.

Mon oncle raccroche. Dans trois jours, nos retrouvailles.

Jean. Il est ma mère, mon père. Parfois le personnage masculin, le personnage féminin, le chien ou l'oiseau gris dans la rue, la fiction ou le rêve.

Lente contamination amoureuse.

*

La poignée tourne difficilement. Les charnières de la porte grincent. Une vague odeur de térébenthine et de poussière me monte à la tête. Dans cette chambre condamnée du chalet, les débris d'une époque. Petit lexique pour moi seule.

À mes pieds : pinceaux au manche cassé, tiges d'acier, boulettes de papier journal. Tout ce que Jean a laissé derrière lui avant de s'exiler en Flandre. Là où la mer, la lumière et des souvenirs particuliers l'accompagnent.

Sur le lit de camp aux draps jaunis, des pots de margarine recouverts de spirales colorées et de mouches séchées.

Je n'ose toucher aux objets qui composent ce décor. Je ne dois pas intervenir dans le travail du temps. Déjà, j'ai de la difficulté à voir mon reflet dans le vieux miroir. L'humidité a fait de magnifiques dessins, point par point, sur le tain. J'imagine des fougères, des saules pleureurs, des larmes de sève sur le tronc des arbres.

RETROUVAILLES

L'actrice jouit. Les gémissements et cris sonnent faux. Le film est postsynchronisé.

Je cligne des paupières. Les rayons du soleil m'agressent. Je saisis la télécommande, éteins le téléviseur.

Le miroir au plafond me reflète blanche, haletante.

La quiétude règne dans cet hôtel. Ce grand hôtel où j'ai inscrit, dans le registre, «Élise Olivier» avec un lourd stylo plume d'où l'encre fuit. Elle a taché mes doigts, rendu illisibles tant de noms.

Que font ces gens en ce moment? Assis, à regarder par la fenêtre? Étendus, un bouquin à la main? Hésitants, devant la porte, par crainte que la ville ne les avale? Hagards, le corps convulsé de plaisir? En couple ou en solitaire? En silence?

Je me tais. Pour l'harmonie.

Réorganiser la chair, nettoyer l'index qui glissa sur mon sexe. Réorganiser le jour, choisir une robe foncée. Il y a apparence de pluie.

*

Au cœur de la ville, je m'assieds sur un banc public. Je fouille dans mon sac en bandoulière pour y prendre une serviette humide et citronnée. Je nettoie encore une fois mes doigts qui sentent la cyprine. Je n'ai aucune idée si j'apprécie ou pas cette odeur.

*

Livre lourd.

Dans l'allée déserte, entre deux étagères, je m'agenouille pour consulter un ouvrage. À en oublier ma nervosité, le temps qui passe.

Une main se pose sur mon épaule. Tendre pression. Le son étrange qui fuse de ma bouche me gêne. Je pivote tout en me redressant. Un inconnu recule d'un pas, s'empourpre, cherche ses mots, ne sait trop quoi faire de ses mains. Cette simple erreur sur la personne — ce ne peut qu'être cela — devient un événement. L'homme tourne prestement les talons.

Stupeur.

Il a la carrure de Jean, sa démarche souple malgré l'âge et l'embonpoint. Là où la main s'est posée, je glisse la mienne.

«Bien, ma chère Élise, ce n'est pas de toi dont on avait envie.»

Je sors à mon tour de la librairie. Bruits, couleurs, odeurs étourdissantes de l'été. Saison à vif.

Entre mes côtes, le muscle rose bat la chamade.

Jalouse de cette marque d'affection, je scrute les environs. Je recherche cet homme, si semblable à Jean, qui aurait eu envers moi des gestes d'amant brimé, des abandons inconcevables, des adorations aux arrière-goûts de sucre et d'utopie.

Je le sais.

Cela me fut dévoilé par la pression de ses doigts sur mon épaule. Et ces pouvoirs que l'on prête au regard des étrangers.

Je tremble comme un lapin. Des pensées abstraites m'assaillent, dépeignent ma solitude — bulle qui m'entoure depuis le décès de mes parents. La brise gonfle la robe sur mes cuisses. Le tissu se soulève, me dévoile petit point de chair parmi les milliards de petits points.

*

Presque bleue, un goût de sang. Cette viande épaisse est succulente. Je mastique lentement.

Un jour, je pourrais me mordre jusqu'à m'arracher un morceau de chair.

Carnage.

Je ne tiens pas particulièrement à connaître le goût de ma peau. J'aimerais simplement déjouer les mécanismes de protection du corps. Ce qui fait que se noyer dans une baignoire demeure un acte presque irréalisable.

Les carottes et le chou baignent dans le jus du steak que je déguste.

*

Mon oncle est lumineux.

J'avance. Vers la terrasse où la chaise, face à Jean, est pour moi. En prévision de moi. J'avance. Je bouscule femmes et hommes nonchalants. Je ne m'excuse pas, trop occupée à récapituler la phrase que je tiens absolument à dire. Infernal, l'oxygène pénètre par ma bouche. Je me sens belle, impression fulgurante, j'accélère le pas.

Trou de mémoire.

*

— On voit tes veines...

Jean suit, du bout de l'index, le sillon pourpre sur le dessus de ma main gauche.

Je déglutis.

— Tu as les cils rouges... Audacieux!

Aucune réplique ne me vient à l'esprit. Un détail si futile. Je me demande pourquoi je me suis maquillée de la sorte. Pour lui prouver que je ne suis plus une enfant?

Jean sourit. Petites dents, rides plus marquées, peau rêche, légèrement dorée par le soleil. J'ai une subite envie de lui arracher un cil pâle avec mes dents.

— Excuse-moi... Mais... Quel âge as-tu maintenant?

— Tu aurais dû me poser la question avant... Vingt-neuf! Ce qui t'en donne... quarante-huit.

L'air est chargé d'humidité, d'odeurs de bitume chaud, de sueur, de zestes d'agrumes. Jean regarde le ciel tout en levant la main pour signifier que l'eau a coulé sous les ponts. Il ne cesse de mordre sa lèvre inférieure — signe qu'il cherche des mots qui lui permettront de faire dévier la conversation.

— On m'a offert un cheval... Et j'ai une dette envers toi...

Le capuchon de son stylo dans la bouche, Jean griffonne une adresse sur le napperon de papier constellé de fleurs en relief. Nerveux, mon oncle se lève, trébuche... entraînant la chaise qui bascule avec fracas. Les regards voilés d'alcool se braquent sur nous.

*

L'orage, l'air vivifiant. Des gouttelettes sur le nez et les joues. Une paix frêle.

Jean, étendu sur le lit, m'assure qu'il quittera bientôt ma chambre.

— Je reprends l'avion demain matin.

Je reviens du balcon.

Mon oncle se redresse. Sur la taie d'oreiller, de minuscules taches roses. Il s'est légèrement blessé à la tête.

— Un cheval sombre. Tu ne verras que lui...

Je n'ai pas besoin d'un cheval. J'ai peine à dire merci.

La pluie diminue d'intensité. Jean met ses souliers.

— Je vais t'écrire l'adresse. Tu l'as oubliée sur la table. Je me trompe?

Je n'entends qu'*oubliée.*

*

Jean a laissé sur le couvre-lit des mouchoirs. J'y enfouis le nez, bouquet d'odeurs suaves, puis les glisse dans la poche de mon peignoir.

La pluie a cessé. Les voitures semblent glisser sur l'asphalte de la ville lavée.

Pourquoi un cheval? Que vais-je en faire? Il faut lui donner un nom, lui rendre visite. Si je vends la bête, mon oncle ne me donnera plus jamais rendez-vous. Si je tue le cheval, je serai sale à en mourir, car le sang teint. Le sang révèle.

Des interrogations, les cent pas. De quoi me garder éveillée cette nuit.

Pourquoi?

Après la chute de mon oncle, cette envie impérieuse de le materner, de glisser mes doigts dans sa chevelure tiède. De savoir. Oui, de tout savoir de ses années d'exil par de petites secousses exercées sur son crâne. Posséder Jean et ses réponses. Posséder Jean comme lui a fait de moi sa *fille*. Mais je réprime cette soif de paroles, de caresses, de fiel. Depuis l'âge de douze ans, j'y parviens...

Dans la psyché, j'articule un au revoir. J'affiche un air déterminé, mais derrière mon dos ma main gauche enserre la droite. Et personne ne peut voir cette représentation du désir si on me regarde de face. Personne ne peut savoir qu'aucune surface, qu'aucun tissu n'évoque la peau de Jean lorsque mes lèvres se posent sur ses joues, lorsque sa main frôle mon poignet.

Il suffit de quelques instants de douceur pour que les souvenirs honteux s'estompent.

Cela me désole.

Je pose ma valise sur le lit, non loin de l'oreiller aux traces sanguines où mon oncle ne posera plus la tête. Ne dormira pas.

Je prends, dans la pochette du couvercle de la valise, le seul cahier de croquis, de Jean, que je possède. Mon oncle ne s'est jamais aperçu de ce vol.

Le dessin qui me remue le plus représente le visage de mon père aux orbites vides. Mutilation cruelle. Vision impromptue, déstabilisante de l'univers d'un artiste impitoyable.

Ce dessin en évoque un autre.

Un matin, mon oncle s'approcha de moi avec l'un de ses cahiers. À peine éveillée, j'avais, sous les yeux, un nu féminin des plus troublant.

Cette femme, c'était moi.

Du temps où je vivais avec Jean, je ne me lassais pas de ce cahier volé. Ce cahier si obsédant. Sur ses pages, des quantités de banalités : des cubes, des fourchettes, des jeux de lignes, un piège où seule une patte est visible... Mais aussi d'étranges petites femmes nues. Je les regardais en me faisant rougir jusqu'au plaisir. Leurs seins, leurs poses évoquent la nonchalance et le calme. Aucune provocation. Seulement ma furieuse envie de les imiter. De me déshabiller à mon tour et d'attendre je ne sais quoi...

Sur une page, un dessin a été effacé. Je perçois les traits qui, sous la pression, embossèrent la feuille. J'ai déjà envisagé d'y frotter doucement une mine de plomb pour distinguer les lignes, le sujet. Or, quelque chose m'en empêche.

Ce qui rend presque impossible la noyade dans une baignoire ou la morsure à la main.

LE FUSIL DU PÈRE

Le menton appuyé contre son poing, l'armurier murmure :

— Élise?... Élise Olivier?...

Il tourne les talons, se dirige vers l'arrière-boutique.

Exposés derrière une vitrine verrouillée, des dizaines de fusils. Esthétisme, lignes équilibrées, canons luisants, contraste entre un bloc de culasse noir mat et le bois verni d'une crosse.

Reflétés par la vitre, des canards de bois disposés sur d'antiques tables. Je m'éloigne des armes, va vers une oie blanche grossièrement sculptée. On dirait que l'artisan n'a appliqué sur son œuvre qu'une seule couche de peinture. Elle laisse voir le bois en transparence. Les algues ont tracé des cernes verts sur la peinture écaillée par endroits.

L'armurier revient et dépose sur le comptoir un étui long, un cylindre en carton ainsi qu'une enveloppe recouverte de plusieurs couches de ruban adhésif. Il a jauni, la colle a laissé un large trait ocre sur le papier.

Signature d'un formulaire.

Bruits de loquets.

L'homme me présente la carabine comme s'il s'agissait d'un collier de perles.

— Le monsieur qui vous l'offre a acquitté les frais de nettoyage.

Je dépose quelques billets pour payer l'oie et une boîte de cartouches.

*

Le vent rabat un rideau de pluie contre la baie vitrée du chalet. Derrière moi, sur la table à café parmi les livres et mes tasses sales, l'étui, l'oie, le cylindre et l'enveloppe que je meurs d'ouvrir malgré la peur.

Ce qui surgit du passé ne peut qu'être mauvais.

Ma lame de canif s'insère facilement entre l'épaisse couche de ruban sec et l'enveloppe.

À l'intérieur, un carton sur lequel se trouve l'empreinte d'un pied de bébé. Au verso du carton, l'écriture ample de ma mère : «J'autorise mon frère Jean à prendre soin de ma fille Élise.»

— Et je la jette dans la gueule du loup!

Elle devait s'en douter, ma mère, du comportement qu'aurait son frère? Si oui, elle ne cesse pourtant pas de sourire dans ma tête. Rien n'arrive à entacher son souvenir. Elle a le bénéfice du doute, l'immunité de la mort, ses paroles incrustées en moi : *«Il faut pardonner ma chérie. Regarde ton papa, la rancune le ronge.»*

Et maintenant, ce cylindre.

À l'intérieur, une reproduction de *Horse and Train* d'Alex Colville. Le voilà ce cheval qui court à sa perte en trottant au-devant de la locomotive. Le voilà ce cheval qui m'attendait à l'adresse d'un armurier.

Stratagème pour me remettre l'arme de mon père.

J'ai une carabine pour achever le cheval après que la locomotive l'aura renversé. Je possède l'instrument pour éviter les souffrances prolongées.

*

Le fusil chargé d'une cartouche, je recule jusqu'à la vitrine, vise l'oie sur la table.

Détonation, éclats!

Bourdonnements aux oreilles. Je m'adosse à la vitrine.

Image d'un chaos : quantités de débris de bois et de porcelaine éparpillés dans la pièce. L'odeur de la poudre prend le dessus sur celle du café froid et du bois de l'oie blanche.

Fin de l'innocence.

DU SANG SUR LE TAPIS

Pascale attend que l'eau sur ses mains s'égoutte. Hubert s'approche.

— Songeuse... Tu es bien hésitante aujourd'hui.

— Cette femme, Élise... Elle était dans la même classe que moi lors de mes études de thanatopraxie. Je me souviens de son mutisme... et d'une manie. Elle serrait, de sa main gauche, son avant-bras... Ou sa main droite... Ou encore un genou lorsqu'elle était assise. Elle se touchait continuellement... Peut-être une manière de s'ancrer dans la réalité?

Hubert sort une orange de la poche de son veston, croque dans le fruit, grimace. Épluche.

Pascale entrouvre les lèvres bleutées d'Élise. Une odeur vinaigrée parvient à ses narines. Elle glisse l'index dans cette bouche froide. La texture du palais dur lui fait penser aux nervures d'une feuille d'arbre. La langue, froide et pâteuse, est blessée. Il y a lésions sur la muqueuse des joues.

Morsures.

*

Jean attend Élise, sa nièce, dans la cour d'école pour la serrer dans ses bras. Pour lui faire entendre son cœur qui bat à tout rompre. Pour pleurer dans sa chevelure.

Pour lui apprendre qu'elle n'a plus de parents.

*

L'oncle pénètre dans une cabine téléphonique. Élise mord son poing. Elle psalmodie le nom de sa mère.

«J'ai trop mangé avant d'aller dormir... Ce mauvais rêve me servira de leçon.»

*

Dans le taxi, Jean caresse le dos de la jeune adolescente qui passe ses nerfs comme elle peut. Elle serre les mâchoires, mord langue et joues, grince des dents pour ne pas hurler. Pour ne pas faire advenir la réalité.

Comme un poison, le goût ferreux du sang dans sa bouche.

Selon les directives de l'oncle, le conducteur stationne son véhicule une rue avant celle où se trouve la maison d'Élise, lieu du drame.

— Je n'en ai pas pour longtemps. Vous serez très gentil de veiller sur ma nièce.

Il serre l'épaule de la jeune fille avant de sortir de la voiture.

*

Vingt minutes plus tard, l'oncle revient avec trois sacs de sport qui contiennent les effets personnels de la petite.

«Ma brosse à dents, mes vêtements, mes manuels scolaires...»

Jean les dépose dans la valise de la voiture.

«Et ma collection de bracelets de chanvre? Et mon fanon de baleine? Et mes rideaux d'été? Et la bague que maman me promettait?

Et ma mère?»

Élise a un puissant haut-le-cœur. Elle plaque ses mains contre sa bouche. Les yeux baissés, elle remarque que les semelles de son oncle ont taché de sang le tapis de la voiture.

*

Élise se balade dans les pièces vides de la maison de chambres déserte. Sur sa main droite, des écailles de peinture qui proviennent des poignées de porte.

«On dirait des fragments de feuilles d'arbres incrustés dans ma paume.»

La jeune fille tente de faire le moins de bruit possible en marchant dans ce musée de l'abandon. Certains murs sont striés de coulées graisseuses. «Les cuisines...» Quant au linoléum, décollé par endroits, il craque sous les pas. À l'angle des murs d'une chambre, des crottes de lapin. Dans un tuyau du système de chauffage, un nid d'oiseau. «Vide...»

Des vies succèdent à des vies.

Élise se penche à l'une des fenêtres. Vent et vacuité. Ses larmes glissent.

Jean, un petit cahier bleu et un crayon dans les mains, inspecte le jardin.

«Je ne savais pas qu'il aimait dessiner...»

Elle regarde longuement son oncle qui s'intéresse à quelques mauvaises herbes. L'air frais charrie des odeurs de saison douce. Un contraste avec ce qui émane des pièces.

«Dorénavant, le monde comprend mon oncle, moi et des souvenirs.»

Élise reprend sa visite. À l'une des fenêtres, une tenture déchirée flotte dans la brise.

La voix de Jean lui parvient :

— On perd notre temps ici!

*

De retour à la chambre de motel, où ils résident durant leur recherche d'appartement, Élise regarde la télévision. Des enfants dans une classe tiennent une discussion animée à propos d'une dégustation de larves frites.

Jean tue les mouches à l'aide du journal.

«Mouches pleines de microbes... Mouches sales sur ma langue...»

*

Le soir même, Jean invite sa nièce au bar du motel. Le personnel ne se formalise pas du jeune âge de la fille.

L'oncle mange des œufs dans le vinaigre et boit de la bière rousse. Le serveur dépose devant Élise du Seven Up — avec de la grenadine au fond du verre et une cerise piquée d'un bâtonnet rouge.

«Une queue de diable...»

— Après un certain âge, les filles ne s'intéressent plus à ce genre de fruit.

La voix de l'oncle a des inflexions qui lui rappellent sa maman. Élise aimerait qu'il lui parle, la nuit entière.

«À cette heure, mes leçons et devoirs sont terminés depuis longtemps...»

L'atmosphère feutrée dissipe le malaise de la jeune fille. Elle se cale dans la banquette.

«Quelque chose va se produire...»

Ses soupçons s'avèrent fondés. Jean demande un œuf cru et un verre d'eau.

— Je vais te raconter ton histoire.

Jean, du bout de l'ongle, fait des cercles sur celui d'Élise, peint en rouge, rongé. Mal à l'aise, elle bouge son index. L'oncle ne sourit pas. Il ferme les yeux, se recueille. Au premier mot, il braque son regard droit dans celui de sa protégée.

— Tu n'as pas vu le jour à l'hôpital. Oublie les historiettes d'enfants pleurnichards dans les bras du médecin. Ferme les yeux Élise... Écoute bien... J'attends devant ta maison. La porte s'ouvre pour me laisser voir ta mère, des larmes de colère et de déception sur ses joues. Ma sœur pleure parce que les choses ne se déroulent jamais comme elle le souhaite. À cette époque, ton père flattait le ventre des baleines mortes. À chaque fois qu'une d'entre elles crevait sur la grève, un drame ma fille... un drame... Mais enfin...

Jean fixe sa nièce. Elle soutient ce regard grave. Une gorgée de liquide pétillant descend dans sa gorge.

— Nous sommes, ta mère et moi, seuls ce soir-là. Imagine la scène... Imagine-nous! Le fusil de ton père sur mon épaule. Ta mère qui me devance de quelques pas vers la plage déserte en cette soirée d'été...

Ta mère... Devant la marée basse et le ciel bleu marine. Une brise colle son vêtement de nuit sur son ventre rebondi, ses cuisses et sa poitrine lourde.

Elle fait les cent pas, avance vers la mer. Se ravise. Refait les cent pas. Quand une contraction irradie en son ventre, elle plie légèrement les genoux pour ensuite poursuivre sa danse de douleur sur la grève. Vers l'eau. Jusqu'à une autre contraction, et une autre. Elle tombe alors sur les genoux dans une attitude de prière. Une transe...

Le moment est venu.

Je m'approche, m'agenouille face à elle qui pose ses mains sur mes épaules, son front contre le mien. Et elle pousse... pousse...

Une heure plus tard, époumonée, étonnée par son corps délivré...

Jean sourit, ému.

— Le plus pur rire, le plus tendre rire que j'ai eu la chance d'entendre.

Élise, bercée par les mots, en oublie de boire. Certes, l'histoire est belle. Néanmoins, la jeune fille a l'intuition que ce récit ne la concerne pas. Qu'elle n'est pas présente dans les souvenirs de Jean.

L'oncle prend l'œuf et le casse dans le verre. Il saisit ensuite un couteau, referme le poing sur le manche et crève le jaune en suspension dans l'eau.

— Une détonation et le cordon ombilical éclate sur le sable!

*

Après deux jours de visites d'appartements et de soirées au bar du motel, Jean et sa nièce trouvent enfin un chez-soi.

L'oncle remplit le bail d'une écriture rythmée.

Derrière la chaise, où Jean a pris place, se tient le propriétaire. Il pose un regard sévère sur Élise.

«Il se doute que Jean n'est pas mon père. Ça se voit dans ses yeux.»

2

CYCLES

OSTENDE

Un poulet froid. Un pain baguette. Des carottes. De la mayonnaise. De la mélasse. Un muffin au son.

Je dispose les assiettes aux quatre coins de la nappe pour éviter que le vent ne l'entraîne jusqu'à la mer houleuse, au bas de la côte.

Mer. Vaste aimant.

Le premier lundi de chaque mois, je dîne sur la tombe de ma mère. Je brave alors le vent, espère qu'une mouche ne tombe pas dans la mayonnaise. Mon menu se compose toujours d'un poulet froid, mais je varie le dessert. Quand il pleut, ou que la saison nous confine à l'intérieur, je dîne à la cantine, à deux rues du cimetière, en pensant très fort à maman. Je regarde les mouettes sur la terrasse qu'elles parcourent sans relâche à la recherche de frites ou de bouts de pain. Elles sont calmes ces mouettes. Rien à voir avec celles du temps où je vivais dans la maison près de la mer. Maison traversée par les vents, les sirènes des navires et les cris.

Au matin, ma mère avait beau me rassurer — *«Les cris de nuit, mon Élisou, proviennent des mouettes... Sans exception!»* —, je les entends encore dans la cacophonie des voix qui circulent dans ma tête. Jean posait ses mains sur elle. Il la remplissait d'histoires planétaires, de parcelles de sa jeunesse, de souvenirs de voyages en compagnie de sa sœur.

«Ta mère au-devant des eaux, au bord du bleu.»

Et il fredonnait souvent cette chanson d'Alain Bashung :

à Ostende
je tire au stand
je gagne des otaries

la mer se retire
cache ses rouleaux
à l'ombre des digues
elle et moi on s'ennuie

nos souvenirs
font des îles flottantes
à Ostende
j'ai la hantise de l'écharpe
qui s'effiloche à ton cou

Outre l'eau, il était aussi question du plaisir de la peau de ma mère. Plaisir que je perpétue, car Jean me considère comme la gardienne des secrets du ventre de sa sœur. Un haut lieu du savoir.

Mais moi, je suis le pays nouveau de ma mère. Défunte, sous terre. La mère morte : sous la neige, au cœur des orages d'été, de la rosée.

Grâce au cycle de l'eau, un peu du corps de ma mère se retrouve, infime molécule, dans toute l'eau du monde. Il me faut donc boire beaucoup pour retrouver celle qui m'a donné la vie.

Mais boire, cela ne comble pas le vide en moi.

Sur l'une des arêtes de la pierre tombale se trouve un peu de moisissure. Elle provient de ma mère, j'en suis certaine. Les bontés du corps enflent la terre et les plantes.

Le poulet était délicieux. Je trempe le muffin dans la mélasse. Une fourmi, noire comme un grain de poivre, tourne dans la lettre O gravée dans le granit.

THANATOS

J'enfile mes gants, le caoutchouc se distend.

Je me souviens de Pascale, cette camarade de classe lors de mes études de thanatopraxie. Elle ne portait jamais de gants lors des stages, coupait court aux discussions quand quelqu'un osait lui demander la raison d'un tel comportement ou lui faisait une leçon d'hygiène.

Clac !

Maintenant, mes instruments : écarteur, crochet à vaisseau, tubes artériels, pompe, seringue hypodermique, pince hémostatique, ciseau, coton hydrophile, colle cyanoacrylate, bistouri qui n'a jamais reflété la lumière du soleil. Les opérations d'embaumement se déroulent au sous-sol du salon mortuaire, sous la lumière des néons qui cillent. À l'ombre de la chambre froide où, aujourd'hui, reposent cinq corps.

*

Un chatouillement sur mon avant-bras gauche, au poignet, puis au creux de la paume.

— Mais! D'où vient-elle? J'enlève le gant et secoue la main, mais la fourmi ne tombe pas.

«— Jean! Viens tuer les insectes!

— Affronte, Élise... Affronte!»

Et ce frisson incontrôlable à la vue des insectes qui peuvent pénétrer n'importe quel orifice du corps! Ce frisson incontrôlable qui part de la nuque. Ces histoires — ou canulars — de bébés en pleurs parce qu'une fourmi, entrée par l'oreille, bouffe leur cervelle.

La fourmi a disparu!

Rien dans la pièce ni sur la table d'acier inoxydable. Rien que le souvenir des insectes qui envahissaient ma chambre quand je vivais en appartement avec Jean.

Je me rappelle particulièrement d'un matin de léthargie. Ce louvoiement sur mon visage, ces minuscules pattes sur ma joue mouillée de salive. En moins de deux, debout et haletante, je suivais des yeux la course d'un perce-oreille sur mon oreiller.

Les nuits suivantes, j'imaginai une horde d'insectes. À la file sur mon flanc, ils se dirigeaient vers ma bouche pour envahir mon ventre.

3

AUTOPSIES

LES MESSAGERS

Une vierge et me voilà bouleversée.

La dépouille d'une jeune fille, c'est déjà assez malheureux comme ça. Et découvrir qu'elle est décédée sans avoir fait l'amour...

Toujours cette envie d'introduire deux doigts dans le vagin et de déchirer l'hymen pour permettre au vent de remplir le ventre et d'y chasser la mort tapie.

J'agis comme mon oncle Jean. Comme si la seule manière d'être libre consistait à saccager les lieux clos.

Le père m'a fourni une robe de fillette pour vêtir son trésor. Le vêtement de tweed camoufle les courbes naissantes de la défunte. Elle ressemble à une couventine couchée dans le satin bleuté et froid.

Je dépose les fleurs autour de la dépouille. J'aurais préféré que les parents choisissent autre chose que des pivoines excessivement épanouies, vulgaires.

Cette jeune morte, qui avait-elle voulu embrasser? Il y a sûrement le nom d'un garçon dans sa tête où stagne sa mémoire.

Le véritable amour, cette personne que l'on souhaiterait tant embrasser avant que nos lèvres ne soient cousues.

*

Second cas : suicide.

Un homme si blanc qu'on le croirait fait de pâte à sel. Si blanc que je sursaute à la vue de son sang dans le tuyau de la pompe. Paille géante qui, l'été, aurait fait mon bonheur. La saveur rose des jus de fruits.

Je prends l'index de l'homme et l'approche de mon nez. Je cherche à savoir la dernière chose qu'il a faite avant de s'enlever la vie. J'ai beau me concentrer, il n'y a que cette entêtante odeur de désinfectant.

— La même bouche que Jean...

J'applique du fond de teint sur la peau cireuse, du rose sur les lèvres. Je suis certaine que l'homme a été pâle une bonne partie de sa vie. C'est ce qui se produit quand la mort s'entête.

*

Dans la vingtaine, très belle. Tuée par la passion...

Rouée de coups. Mâchoire disloquée.

Morte parce qu'on l'aimait...

Son ventre semble recouvert d'un cellophane bourgogne. Superficie de sang. Ventre retourné comme un gant.

Autour de la plaie franche, vraisemblablement produite par la lame d'un couteau, des filets de sang ont suivi le tracé des muscles qui forment ces courbes douces.

— Pourquoi tant d'acharnement à blesser un ventre?

Sous la peau, je sais que le sang a rempli l'utérus. Lac intérieur.

Mon doigt glisse sous la langue. Dur éclat. Morceau de dent ivoire.

Beaucoup de ouate et de maquillage pour camoufler l'amour qu'on lui portait.

*

Quatrième cas.

Faire dix boucles de ruban vert dans la chevelure noire.

La grand-mère a fourni une robe verte — s'entend! — un rang de perles — du toc! — une petite culotte, et...

«— Pas de souliers?

— Son père a brûlé ses pieds avec des cigarettes... Ma petite-fille aurait trop mal...»

*

La dépouille d'une femme attend d'être vêtue. Assise à mon bureau, j'écris un court message à ma mère sur du papier pelure. Je signe seulement «Ton Élise», car je ne me souviens plus des surnoms tendres.

Selon l'animateur à la radio, les chiens potentiellement dangereux pour les enfants devraient obligatoirement être muselés.

Je fouille dans mon sac à bandoulière à la recherche d'un tampon hygiénique. Cela doit faire deux ans qu'il se trouve là pour me faire penser à la pénétration, aux contractions.

Je retire le tampon ouaté de l'applicateur. J'enroule ensuite ma missive autour d'un stylo que j'insère dans ce cylindre de plastique. Le papier demeure en place. Ne reste qu'à badigeonner l'applicateur de gelée de pétrole.

J'espère que la femme, messagère aux jambes écartées, me pardonnera.

4

BODY-ART

LA MUSE

Du bout de l'ongle, Pascale frôle une fine éraflure près des cils. Comme si un élément extérieur avait cru bon de fendre la paupière d'Élise pour permettre à la jeune femme d'être en état permanent de veille.

— Pascale, j'aimerais voir ses yeux.

Elle entrouvre la paupière pour permettre à Hubert de regarder l'iris bleu.

*

Un après-midi, Jean invite sa nièce à son atelier au bord de la rivière. Il s'agit d'un vaste chalet, en retrait de la ville, composé de deux parties. La première, plus ancienne, abrite le coin cuisine. Des pinceaux trempent dans une jarre remplie de vinaigre. Au-dessus du comptoir, des armoires sans portes où l'oncle range son matériel.

La bonde de l'évier étant bouchée, il y a un pouce d'eau croupie dans la cuve. Deux araignées flottent sur cette nappe liquide.

«Mortes?... oui!...»

La texture des murs évoque celle du papier mâché. Le linoléum bosselé plaît à Élise.

«Je marche sur de l'air...»

La cuisine permet d'accéder à deux chambres. Dans la première, des boîtes et des toiles emballées dans du papier kraft. Sur ces surfaces ocre, des titres inscrits au feutre.

La seconde pièce sert de chambre à Jean quand il séjourne à l'atelier. À part un vieux miroir, les murs sont nus. Un lit de camp aux draps froissés trône en plein centre. Autour : des boules de papiers, des mouchoirs, une tasse ébréchée, une revue que l'oncle s'empresse de dissimuler sous le lit.

Entre la cuisine et la grande pièce où Jean travaille se trouve un couloir transversal. L'extrémité droite mène à la salle de bains. À gauche, il y a une baignoire sur pattes.

Au plafond, une trappe.

— Le grenier me sert de chambre noire.

L'oncle effleure l'avant-bras de sa nièce. Chair de poule.

— Tu as froid?

«Non... Ce n'est pas le froid...»

*

Élise, le front posé contre la baie vitrée de la grande pièce, observe la paresse de l'eau. Les insectes sur la rivière donnent l'impression qu'il pleut en cette journée de plein soleil.

Pendant ce temps, Jean place une chaise de bois blond au centre de la pièce.

*

Élise, assise sur la chaise, croise les jambes. Elle n'est vêtue que d'un t-shirt taché de peinture.

«C'est frais le bois contre ma vulve.»

Jean dispose un grand miroir à l'angle des murs situés à gauche de la baie vitrée. Élise voit son reflet, s'en détourne pour regarder, à droite de la baie, un poster encadré.

— C'est une reproduction d'une œuvre de Francis Bacon. Faisons un petit examen.

«Pas encore! Ça fait trois semaines qu'il m'enseigne le nom des couleurs!»

L'oncle se tient debout derrière la chaise. Il caresse le visage de sa nièce, effleure la bouche mobile.

— Jaune de cadmium moyen.

— Et? Pense aux fruits...

— Jaune de cadmium citron?

— C'est exact Élise! Et pour les personnages sur le lit? Ceux qui...

— Font l'amour?

Jean serre plus fermement les épaules de son élève.

— Peut-être... Peut-être bien... Tu apprends vite!
Poursuivons!

— Terre d'ombre brûlée, pour les corps.

— Ce n'est pas tout. Réfléchis bien...

— Carmin de garance.

— J'aime d'entendre dire ce mot... Répète!

— Garance.

— Et le décor?

«Les personnages sont étendus sur un matelas verdâtre... Comme de la morve.»

— Élise! Le décor?

— Des tons rompus?

— Merveilleux! La base sous le matelas?

— Bleu de Prusse.

— Comme le septième ciel... Quant aux murs?

— Noir d'ivoire.

— Et...

— Une touche d'émeraude.

— Merveilleux! Digne d'amour ma belle!

«Une ecchymose bleue sur mon genou...»

Cette contusion rappelle les couleurs du tableau. Élise déglutit bruyamment. Elle pose ses mains sur celles de Jean qui pétrissent ses seins.

«Mon sexe mouille le bois...»

— C'est à vomir...

Immobilité. Trêve.

— Lève-toi!

Élise s'exécute pendant que Jean contourne la chaise pour faire face à sa nièce nue et troublée.

— Tu es la fille de ma sœur et ma sœur n'aurait jamais posé un tel jugement. Elle avait l'esprit ouvert, jadis... Avant ton père...

La fille saisit le bas de son t-shirt, tire.

— Tu sais que tu me déçois, Élise.

Elle baisse les yeux. Jean fait de même tout en demandant, fébrile :

— Tu es excitée?

«Oui...»

— Non...

La main de Jean effleure la chaise humide de cyprine.

— Tu mens!

Il agrippe le menton de sa nièce pour lui relever vivement la tête comme on fait à un chat pour qu'il nous porte attention. Les regards se confrontent.

— N'oublie jamais, petite, que le corps dit l'absolue vérité.

*

«Je veux ma mère... Sa main sur la mienne... Je veux ma mère... En ma compagnie... Dans le ventre aqueux d'une baleine... Une jumelle... Corps tiède...»

Jean, de sa bouche, caresse sa nièce étendue par terre, non loin de la chaise.

«Maman, tu la connais, toi, la peur des fleurs au matin quand les perles d'eau entrouvrent brutalement les pétales?»

Élise, paumes contre tempes, semble soutenir sa tête au-dessus des vapeurs de la fièvre. Question qu'elle ne lui monte pas trop rapidement au cerveau.

— Mon amour, ma toute fiévreuse... Ma toute rose...

La langue lèche, les doigts fouissent.

— Je t'aime petite... Je suis là... toujours... toujours... la chaleur entre tes cuisses...

Élise, confuse, essuie vigoureusement ses larmes au fur et à mesure qu'elles coulent. Sa bague, sertie d'une fausse pierre, blesse sa paupière.

— Tes maladies m'inspirent.

«Je fais de la fièvre seulement...»

— J'ai besoin de ton corps, ma muse.

*

Sur le visage d'Élise, de la gelée de pétrole.

Jean imbibe une bandelette de tissu, couverte de plâtre en poudre, dans un bol qui contient de l'eau devenue blanche comme du lait. Il essore la bande en la glissant entre l'index et le majeur, puis la dépose sur le front de sa nièce. Bande après bande, le visage devient un objet parfaitement lisse.

*

Le plâtre sec, Jean retire le masque.

Mais Élise, qu'il aspire à comprendre par cette technique de moulage, lui échappe toujours. Les paupières sont closes et les lèvres fermées sur un secret. Les pensées de la nièce demeurent insaisissables. Elles se trouvent à l'abri sous le crâne.

*

Assis à l'indienne face aux jambes entrouvertes de sa nièce, Jean pétrit le bloc d'argile posé sur une feuille de papier ciré. Élise, couchée sur le plancher, s'appuie sur ses coudes, parvient à se redresser suffisamment pour voir, sous la pression et la chaleur des paumes mouillées, la matière s'assouplir.

Aux oreilles d'Élise, des effets d'eau.

Jugeant l'argile à point, Jean relève la tête. Il observe la fleur — «Il cherche dans mes yeux la permission de poser les siens sur ma vulve... À la recherche de la fièvre...» —, puis écarte, à l'aide de ses pouces, des lèvres d'argile. La matière résiste quelque peu. Du geste émane une certaine violence.

L'engourdissement gagne les mollets de la jeune fille. La douleur, les muscles à la base de la nuque. Quant au plaisir, il se fait latent. Très intime.

— Entrouvre légèrement tes grandes lèvres.

Le plaisir débute, pour la seconde fois de la journée, son régime de douleur.

«Poseras-tu tes mains sur mon sexe?»

Tendue, Élise se rapproche de Jean.

5

AUTOPSIES

X

Je les conserve dans un tiroir de mon bureau, ces photographies que j'ai retrouvées dans le grenier du chalet.

Un oubli de mon oncle?

Au verso de certaines, Jean a inscrit mes initiales : É. O.

*

gros plan — noir et blanc — cils foncés et fournis — au coin de l'œil, des stries blanches

La nuit, croyant mon oncle endormi, mes larmes salées — lourdes et étouffantes comme de la ouate — coulaient. Je les avalais en me taisant.

*

forte granulation — température de l'eau trop élevée lors du développement de la pellicule — noir et blanc — gros plan sur un front où des mèches de cheveux foncés collent à la peau — deux traits de crayon gras forment un X énigmatique sur ce front

«Il y a un X sur ton front, prends garde!»
Je ne pouvais porter une robe ou un maillot de bain sans entendre ce sempiternel avertissement de la part de Jean. En fait, il ne faisait que répéter les paroles de ma mère. Je me souviens du ton nuancé qu'elle prenait — malice? culpabilité? inquiétude toute maternelle? — quand il était question du fameux X.

*

plan d'ensemble — au centre de l'image, un arbre solitaire — adossée au tronc, une jeune fille — à gauche de ce sujet, forme floue, un hangar à bateau — un trait de lumière part de la droite, s'étire jusqu'à la fille — semble décapiter cette beauté aux pieds fleuris — en noir et blanc

Moi, nue
adossée à l'arbre vertigineux
dans mon souvenir, ses feuilles au ciel
si hautes dans le ciel et
moi assise au sol, les jambes allongées
entre mes orteils, les tiges des lis teints en rouge
moi inconfortable, car les insectes chatouillaient
mon corps nu
Jean me photographiait, murmurait

«— Que dis-tu, Jean?
— Mon lis rouge.»
Rouge ma peau piquée par les insectes
impossible de me relever sans courir le risque
de piétiner les pétales
tendres
l'herbe, les trèfles
sous moi, écarlates fraises des champs
éclatées
la terre
meublée de fracas
ma voix
je me souviens
je n'ai qu'à dire *«mon lis rouge»*
expression que mon oncle réservait à ma mère
pour que les images affluent.

*

Après-midi automnale avant la mort de la mère et du père.

Mon retour impromptu de l'école. Il y avait un incendie dans la salle des fournaises.

J'entrai dans la maison. Jean, assis au salon, m'accueillit. Que signifiait sa visite? Je le saluai au moment où ma mère sortait de la salle de bains. Comme elle était belle! Souriante, malgré son malaise visible. Sur ses joues, une teinte que l'on ne voit que l'été avant le ciel de nuit.

*

Imaginer sa mère jeune.

Je vois ses joues couperosées, son front et le haut de sa lèvre supérieure qui luisent de sueur.

Elle s'agenouille sur son lit. Dans sa main, des ciseaux pour la couture. Elle découpe le rond bourgogne sur le drap. Ma mère intercale le morceau de tissu teint entre deux pages d'un livre d'algèbre.

Elle apprend à calculer son cycle pour accueillir le frère qui lui dit, en secret, *«mon lis rouge»*.

*

en couleurs — gros plan sur une bouche — mauvais cadrage — lèvre supérieure coupée de moitié — sous la lèvre inférieure, des poils de barbe — certains rougis

Jean me faisait jouir là où la vie me quitte chaque mois.

Sous ses ongles
sur les poils de son visage
dans sa gorge
mon sang.

*

six fragments d'une même photographie sépia — ces morceaux de papier photo Kodak sont bordés de blanc — dentelle fibreuse créée par la déchirure

«Montre-moi ton popotin!»

L'instant d'un rire, la vie a pris une teinte pastel et sucrée comme du melon d'eau. On ne peut avoir de mauvaises intentions quand on dit un mot si mignon, pensais-je. Mot pour les enfants encore aux couches.

*

Accroupie, le derrière bien haut.

Le visage enfoui dans les draps, je respirais, inspirais à travers les fibres tissées serrées.

Humiliation.

Comment ne pas revivre une enfance encore fraîche? Comment ne pas penser aux mains de mon père quand il me donnait la fessée?

Moment de haine interminable à l'instant où la tige d'une rose pénétra, de quelques centimètres, dans mon anus.

Les épines firent saigner mes fesses.

*

macrophotographie — en couleurs — une longue plaie ouverte — surexposée

Cette photo m'obsède. Elle n'a aucun lien avec les autres clichés. Je reconnais le grain de la peau de ma mère.

6

BESTIAIRE

OS

Ça lui revient subitement à Pascale.

Élise n'aimait pas voir des os. Lors d'un stage, elle avait quitté le cours à cause d'une dépouille qui avait une phalange à vif. Les cuisses serrées, elle marchait comme un automate vers la porte de la morgue.

*

— Bon anniversaire, Élise!

La jeune fille touche à l'un des délicats squelettes d'oiseaux qui composent le mobile accroché devant la baie vitrée. Les os vernis luisent sous le soleil.

Jean relève la chevelure foncée de sa nièce, baise la nuque moite, chuchote à l'oreille.

— Il faut nourrir sa chair de plaisir avant la mort.

Pensive, Élise introduit l'index dans l'espace entre deux osselets.

— Ces oiseaux volent encore, mon trésor. Simplement, ils sont au vif de l'air.

Elle se détourne, le regard empreint d'incrédulité.

— Tu n'aimes pas ton cadeau? Toi qui rêvais tant d'un animal!

La jeune fille renifle, sa gorge se serre douloureusement. Elle ne peut réprimer sa rage teintée de dégoût, de déception.

— Tu les as tués... Pour me faire plaisir?

Jean hésite à répondre. Élise ne semble pas comprendre que l'on puisse tuer pour une question d'esthétisme.

«Ce mobile est à l'image de Jean. Fascinant, dégoûtant.»

Les larmes écartent les paupières de la jeune fille. Elle tente de maintenir ses yeux grand ouverts pour retarder les pleurs. Depuis le décès de ses parents, Élise est d'une grande pudeur. Elle fait un mouvement vers la porte, mais Jean la retient par les épaules.

— J'ai passé des journées entières à préparer ce mobile pour toi, pour ton anniversaire.

«Et je restais toute seule à l'appartement.»

— On ne pleure pas pour des bêtes. Bon sang... relativise!

Soudaine, cette colère surprend la fille.

«Tu me déçois!»

— Ta mère aurait été profondément émue par ce cadeau. Toi, tu es comme ton père. Tu fais des drames pour des animaux.

*

«Ne plus lui voir la face... Fuir Jean au plus vite...
seule... seule...»

Élise se rend à la rivière. Elle sait que Jean, le
front appuyé contre la baie vitrée, l'observe. Attend son heure...

«Ses mains pleines de tripes d'oiseaux écorchés,
les plumes grasses et l'odeur de millet et de vent et
de sang sur le vêtement doux des oiseaux... Pour
me faire *plaisir* à moi qui ne suis pas comme mon
père!»

Élise respire comme les oiseaux. Rapidement.
La douleur bat de l'aile, s'engouffre dans le noir
du ciel des petits petits petits oiseaux capturés dans
la nuit.

Un insecte heurte l'œil humide d'Élise. Il tentait de pénétrer dans l'iris bleu, croyant qu'il s'agissait d'une part du ciel.

*

«Il vient pour le pardon.»

Les bras de Jean entourent la jeune fille, atti-
sent en elle désirs troubles, craintes et colère. Ils
fusionnent, créent un mélange explosif — «Cracher
sur lui! Mais s'il vient à partir?» — qui s'évente
rapidement. Elle relâche ses muscles, fait semblant
de s'effondrer. Au moment où les bras resserrent
leur prise pour retenir Élise, en elle c'est comme
un soleil, une odeur de poudre de bébé.

«Jean est là pour moi.»

Tendre et terrible évidence.

*

Le corps de l'oncle, qui repose sur celui de la nièce, demeure immobile. La jeune fille devine que quelque chose se prépare. De l'irréversible.

Après tout, c'est son anniversaire.

Le temps ne fait qu'accentuer cette impression. Une tension que les tendresses de Jean ne parviennent pas à réduire.

Près du matelas de mousse, dans un moule à gâteau, des linges trempent dans l'eau chaude. Élise ne parvient pas à détacher son regard de cette chose.

Jean saisit un linge, l'étend délicatement sur le ventre de sa nièce. La sensation la surprend, l'enchante. L'oncle glisse sa main entre les cuisses, dépose de nouveau du tissu. La chaleur irradie dans tout le corps. Pour Élise, à cet instant précis, son oncle n'est que bonté.

«Comme l'été quand maman prépare de la limonade... L'hiver quand maman prépare le chocolat chaud... Les grillons la nuit... Courir le vent dans le dos... Me balancer très vite et très haut pour sentir quelque chose chavirer dans mon ventre... Me cacher dans un boisé pour fumer une cigarette... Me cacher... Mais il y a un plus grand plaisir que de se cacher...»

— Jean.

«Ta langue, ta langue fait des explosions dans mon ventre... Dis : je m'excuse... Dis, dis encore les mots que disent les mamans... Garde-moi!... Construis-moi une vie... Lave-moi, je me sens... Je me sens fanée...»

Confuse, Élise ne parvient pas à mettre le doigt sur ce qu'elle veut réellement. Ni à nommer l'émotion qu'elle ressent lorsque Jean, les yeux plein de ferveur, regarde le ventre qu'il s'apprête à entrouvrir.

«Je marche sur les traces de ma mère... Mais... Peut-être est-elle jalouse? Je la vole... En cachette, je la vole...»

La jeune fille a honte et ses joues, que Jean embrasse, en sont colorées. Elle a honte... Mais le plaisir...

Le plaisir!

Il arrive comme une fleur et bascule le corps dans l'abandon.

Jean embrasse les petits seins. Sa nièce se tord, invariablement. Que faire d'autre quand le plaisir est si vif qu'il devient souffrance? La bouche insiste. Jean lèche le jeune corps comme une pierre couverte de minéraux salés. Élise se coule contre Jean. Elle se frotte un peu à lui. «Mais pas trop... non...» Pas trop crier maintenant qu'il s'insère au creux de son monde, auprès de ses os. Charpente intime à fleur de peau.

«On ne montre pas ses os à n'importe qui... Ne touche pas les os des enfants... Surtout pas ceux du crâne des bébés. Les fontanelles ne protègent pas encore la totalité de leur cerveau. Alors, les pensées de l'enfant sont un peu à nu... Libres de s'envoler. La mémoire n'est pas obligée de retenir tous les souvenirs. Le bébé peut dormir sans tracas... Quelle chance!»

Les talons de la jeune fille s'irritent à frotter contre le revêtement du matelas.

«Je suis encore une enfant!»

Élise serre les dents, serre tellement. Elle retient son souffle, le retient jusqu'au bleu, jusqu'au gémissement.

Déchirure.

Elle ouvre des yeux brûlants. Son oncle, cet amant des jeux de nuit de sa mère — amant par la complicité profonde du sang de famille — l'observe comme si elle était une proie à l'agonie.

— Je te baise dans l'amour.

LE HIBOU TÉMOIN

Pour remplacer le mobile de squelettes, Jean m'avait acheté un hibou chez un taxidermiste. Il avait placé l'oiseau sur une caisse d'oranges non loin du matelas de mousse. Avant de m'endormir, je caressais les plumes du rapace aux yeux de verre.

Certains matins, mon hibou fixait le mur au lieu de veiller sur mon sommeil. Je suis certaine que mon oncle le faisait pivoter par crainte qu'il ne divulgue des secrets.

Les gestes posés durant la nuit.

Je voulais apporter ce témoin à l'appartement. Refus catégorique de mon oncle. Le hibou devait rester au chalet, ce lieu que Jean percevait comme l'espace de toutes les libertés.

«— *Sois discrète Élise.*»

«*Ne sois pas inquiet. Je n'ai pas d'amis dans cette nouvelle école.*»

J'ai brûlé ce cadeau et enterré les yeux de verre. Malgré tout, mon désir pour Jean demeure.

HAUT-FOURNEAU

Pascale allume la radio. De la guitare classique. Du réconfort.

— Pascale, j'aimerais que nous dansions...

Du coin de l'œil, elle voit Hubert s'approcher d'elle. La musique donne des audaces aux hommes.

Cordes et cordes pincées.

Il fait glisser ses mains le long des bras, des doigts de Pascale. La peau est chaude, les veines palpitent. Du réconfort.

— Élise m'attend...

*

Jean dépose sur la baignoire une grande feuille de contreplaqué. Il monte ensuite sur cet échafaudage.

«C'est quoi cette odeur acidulée?»

Élise s'apprête à poser sa question au moment où il lui tend la main. Elle monte rejoindre l'oncle qui, accroupi, joint ses mains. Elle pose le pied sur cette marche de chair, parvient à la trappe, se hisse.

Dans le grenier sombre, seule une lucarne permet à la lumière de fendre la noirceur du comble. Courbée, Élise avance lentement. Le bois craque sous ses pas.

«Si ce plancher... plutôt ce plafond. Si ce plafond s'écroule sous mon poids, je meurs... Et ma mère sera là pour m'entourer de ses ailes.»

Élise s'assoit sur une chaise. À sa droite, une bête noire au long cou, l'agrandisseur. Au-dessus de la jeune fille, une corde à linge. Diverses pinces — que Jean utilise pour manipuler les photographies durant les étapes du développement — y pendent.

Bruits.

Élise regarde droit devant elle, voit les mains, puis le front de son oncle.

«Il cale comme mon père.»

Jean dépose sur le plancher la platine ainsi que deux petits haut-parleurs. La tête disparaît et, quelques secondes plus tard, le sac de couchage vole dans les airs et atterrit non loin des pieds de la jeune fille.

«J'espère ne pas avoir mal comme la dernière fois...»

Jean se hisse, tire la corde fixée au loquet du rabat de la trappe.

— C'est quoi cette odeur?

— Révélateur, bain d'arrêt et fixateur.

Du doigt, l'oncle pointe une étagère près de l'agrandisseur. Des bouteilles, aux étiquettes orange et noire, côtoient des bacs de plastique et une petite cuve ronde et argentée.

Élise balance ses jambes. Elle observe Jean qui sort un vinyle de sa pochette. Les plages de séparation du disque luisent à la lumière.

Les enceintes acoustiques ont été disposées près du sac de couchage déployé. Jean le frôle de ses pieds en se dirigeant vers la fenêtre. Autour du poignet, un rouleau de papier collant beige. L'oncle condamne la fenêtre à l'aide de la pochette cartonnée.

L'enfant et l'homme demeurent immobiles le temps que leurs pupilles se dilatent.

— Jean, j'ai chaud...

— Tu vas transpirer. C'est si divin un corps couvert de sueur...

Le son de la voix se module jusqu'à devenir un murmure.

Puis tombe l'ordre qui fait d'Élise un pantin inquiet.

— Déshabille-toi!

— Pourquoi ici?

— Tiens... tiens... C'est bien la première fois que je t'entends me demander pourquoi.

— J'ai chaud, ça tourne... les odeurs... je n'arrive pas à...

— On s'habitue... Et cesse de te plaindre un instant.

Jean prend Élise par les hanches, s'attarde au dos qui révèle les frissons qui le traversent.

— Profitons de cette parfaite intimité... Si tu veux bien?

La jeune fille ne se laisse pas leurrer. Son oncle n'a pas l'habitude des politesses.

«Et si je dis non?...»

À son tour, l'homme se déshabille, pose chacun de ses vêtements sur le dossier de la chaise.

— Je bande déjà! Touche.

La main de sa nièce sur son membre, l'oncle dépose le bras de lecture sur le vinyle.

Le couple se caresse. Pour la jeune fille, ce moment lui rappelle quelque peu sa mère. Une main lui enserre le cou pendant que les doigts de l'autre frôlent sa tempe, là où bat une veine.

— Tu n'es pas la seule qui aime être touchée...

Les mains guident le visage vers le bas-ventre. Le gland sur les lèvres, Élise déglutit, retient son souffle.

— Ne mords jamais! On se comprend bien?

«Et toi, tu m'as fait mal l'autre jour.»

*

L'oncle pose son gros orteil sur la zone humide de sa nièce. Élise prend une grande respiration pleine de sueur, d'acidité et de moisissure.

— Jean, c'est quoi cette cacophonie?

L'oncle éloigne son pied.

«Encore...»

— C'est quoi cette... *musique*?

Les caresses se poursuivent.

«Chantage!»

— De l'acousmatique. Ce que tu entends, c'est une locomotive. Le son qu'elle produit a été ralenti deux fois. Il devient alors haut-fourneau.

Élise fronce les sourcils. Jean poursuit discours et caresses.

— J'adore cette musique. N'est-ce pas merveilleux que de jouer avec les perceptions?

Pour Élise, l'abandon indolore s'avère impossible au sein de cet univers inquiétant. Seul le plaisir diffus rend la séance supportable.

Jean marmonne : mots obscènes, mots tendres, termes relatif à la musique — masse spectrale, couleur, rugosité et granulosité des sons — se mélangent.

Les sons pénètrent la jeune fille tel du mercure. Pulsation de liquide argenté dans ses veines. Enflure sous l'effet de la chaleur des corps qui se rencontrent.

Se font la guerre comme les bruits.

Élise gémit, mord sa lèvre inférieure.

«Exciter Jean... En finir au plus vite avec cette chambre noire.»

Or, la musique couvre les soupirs. La jeune fille prend alors une grande respiration et crie au cœur de ce haut-fourneau.

*

Élise ouvre les yeux.

«Lumière!»

Elle se redresse. «Grenier-bateau qui tangue...» Se ravise.

Jean range le disque. L'adhésif a arraché une couche de carton de la pochette.

— Un ciel flamand cet après-midi.

La nièce ne répond pas, trop occupée à faire l'urne. Celle qui contient la semence, les sons, les déplacements de l'air lors des gymnastiques de l'oncle. Ce dernier siffle en recueillant, au creux de sa main, des pompons de poussière qu'il jette par la fenêtre. Il s'obstine cet oncle qui arpente le grenier tant et qui tourne tant autour de la couche.

L'espace lui appartient.

«Bouge sans arrêt... il m'essouffle.»

Jean siffle, oreilles qui cillent. Alarmée Élise qui sort de sa léthargie pour le cri — car ce n'est pas l'oncle qui siffle et siffle comme une petite machine pleine vapeur —, car le sifflement n'est pas acousmatique, il pique possiblement. Peut piquer la fille qui s'élance vers la trappe en une chorégraphie de la peur, sans penser un instant, sans penser en courant vers la trappe d'où elle se jette — car ce ne sont pas les libellules de la mère, pas des papillons de couleur garance, bleu de Prusse, émeraude — choc noir sur le contreplaqué de la baignoire ivoire.

*

La glace contre le front se liquéfie. Jean ne sait si l'eau sur les joues d'Élise est salée ou douce. Il vérifie d'un rapide coup de langue.

— Aller jusqu'à se blesser pour une guêpe, tutt...

L'homme inspecte la bosse. Ses doigts sont froids.

— Aller jusqu'à pleurer... Pathétique...

Sourire ironique aux lèvres, Jean aide sa nièce, fille de douleur, à se relever. Il l'entraîne vers le miroir, la main sur le front meurtri.

— Devine!

«Va au diable!»

— Pourpre?

Jean retire sa main. Son air amusé heurte la jeune fille.

«Facile. Je suis son amour aux jambes ouvertes... Sa petite conne pleine de peurs et de pleurs... Sa sœur miniature... Sa nièce... Jeux et perceptions...»

*

Élise avale du bout des lèvres la limonade. La pulpe adhère aux glaçons qui s'entrechoquent.

Pendant ce temps, l'oncle stérilise une aiguille à l'aide d'un briquet. Il la met ensuite sous les yeux de sa nièce qui ne bronche pas.

«Ce n'est pas l'aiguille... Ce n'est pas ça ma crainte...»

Jean appuie le verre frais contre le sein gauche d'Élise. Il pique ensuite la peau légèrement engourdie.

— Comme avec ta mère.

L'oncle, satisfait du faible sourire arraché à sa nièce, presse l'aiguille sur le bout de son majeur. La peau se creuse, l'aiguille pénètre, le sang affleure. Le doigt s'approche du sein, les sangs se confondent.

LE MANÈGE DES CHEVAUX

Pascale retire les nombreuses brindilles dans la chevelure d'Élise. En retrait de la table, Hubert fixe le tas qui s'accumule au sol.

— Je me sens comme une mère qui coupe les cheveux de sa fille pour la première fois.

— Tu sais Pascale, nous pourrions faire un nid avec ces brins d'herbes blonds!

Dehors, les grands vents d'orage et le tonnerre troublent la quiétude du laboratoire.

Pascale explore le cuir chevelu. Trois plaies. Elle masse la plus profonde comme si elle caressait une vulve, se concentre. Les pensées d'Élise sont si fragiles, fugaces.

*

Élise court vers le troupeau de chevaux qu'elle vient d'apercevoir. La neige, glacée en surface, crisse. Les bêtes tournent têtes et oreilles vers la silhouette qui s'approche. À quelques mètres d'elles, la jeune fille, haletante, s'immobilise.

Un cheval fait quelques pas en sa direction et lui donne un coup de chanfrein sur l'épaule.

— Bonjour toi! Que veux-tu mon beau?

— Élise!

Le cri de Jean alerte les chevaux. Au-dessus d'eux, des volutes de fumée froide.

*

Jean répète une gestuelle connue. Celle qu'il faut pour atteindre le grenier du chalet. Élise pose son pied sur les mains jointes de son oncle et agrippe la crinière.

Le cheval, au trot, crée une distance entre l'oncle et son trésor. Et se cabre!... Le mors aux dents, il se dirige droit vers le bois.

Sur la neige se forme une piste sombre.

Élise, l'œil gauche tuméfié, est étendue au pied d'un arbre. Jean s'approche.

— Tu n'as rien?

La jeune cavalière respire une odeur fraîche. Elle a une pensée de sang.

«Le printemps... Pour bientôt... Sera doux et chaud...»

— Où est la bête? demande Jean, nerveux.

«Elle est libre... J'aimerais maintenant que tu me laisses seule pour parler avec maman le langage des plaies...»

LANGUES DE PORC

Je ne vivais plus en compagnie de Jean. Pour payer mes études de thanatopraxie, je travaillais à temps partiel comme commis d'épicerie. Je portais un uniforme vert. Sur la poche de ma blouse, une épinglette dorée pour m'identifier. Le gérant m'avait remis celle d'une ancienne employée qui s'appelait Lise : *«Tu n'as qu'à inscrire un É devant le prénom.»*

J'aimais déposer les fruits et légumes sur la pelouse synthétique des étalages. Cette simple tâche m'emplissait d'une délectable sérénité.

Non loin de cette section, l'aquarium. Je cognais sur la vitre. Un truc enfantin que de voir les homards se déplacer lourdement. Mon crustacé favori portait des élastiques beiges autour des pinces — et non des bleus comme ses compagnons. Je ne sais pourquoi, mais les clients tardaient à l'acheter.

Un jour, un monsieur déposa un sac transparent sur le tapis roulant face à la caisse enregistreuse. L'homme allait manger le homard aux élastiques beiges.

Pour moi à cette époque, la mort était partout. Ne me restait qu'à l'apprivoiser.

*

À la vue sur les étagères : olives farcies *manzanilla,* piments, câpres, œufs dans le vinaigre, petits cornichons sucrés, langues de porc... Affreuses langues entassées dans le bocal de vinaigre brouillé de membranes fibreuses.

Jean, avant son départ, avait volé *ma* langue. Celle de l'amour, des mots tendres et denses. Tout mon corps ressentait cette perte. Encore aujourd'hui, je ne sais que faire pour réclamer ma langue. Et si je parviens à la retrouver, mon sens de la parole sera-t-il intact? Si non, je pourrais, en dernier recours, déposer ma langue dans un bocal. Au lieu de mes quêtes maladroites de tendresse, j'offrirais le bocal. Et l'attention viendrait. Et aussi la pitié, mais qu'importe.

7

LE REGARD D'UN ÉTRANGER

AVEC DES INTENTIONS...

La sonnerie du téléphone. Une goutte de sang sur le plateau de la table. Je soulève le combiné. Une goutte de sang sur le plateau de la table. À mon oreille, la voix de Camil Saucier :

— Élise Olivier?

L'homme aux partitions.

Quatre mois après l'embaumement de sa femme, ce dernier vint à mon bureau. Assis très droit, il me tendit une large enveloppe. Je soulevai le rabat, tirai la feuille.

Une partition écrite à la main.

«— *Vous jouez d'un instrument? Connaissez un organiste? J'ai pensé... La mort... Forcément des églises, des orgues...*»

La voix cassa après *la mort*. Bien que l'homme ne semblait pas en avoir l'intention, son ton se faisait suppliant.

«— *Désolée... Je... je...*»

Il appuya son poing contre sa bouche, ferma douloureusement les yeux. Je remarquai qu'il lui manquait l'auriculaire. Le doigt de l'intuition !

« — *Comment vais-je lire la lettre de mon fils ?* »

Je réinsérai la partition dans l'enveloppe et la rendis à l'homme.

« — *Après certains aveux de ma part, suite au décès de sa mère, il a quitté le pays. Mon fils... Il va dans des chapelles avec des chorales de jeunes garçons et compose des chants pour sa mère. Toujours pour elle. Rien que pour elle...* »

Timbre de voix amer. Mots mordus.

*

Assise dans l'escalier qui mène au salon mortuaire, j'attends. Mon estomac fait des bruits de tuyauterie à chaque fois que j'inspire. J'ai faim, j'attends. Sous mes talons, des pétales de pivoines séchées depuis longtemps.

Une voiture pénètre dans le stationnement, s'immobilise. Le moteur tourne...

*

— Élise, tu sens toujours *ça* ?

Le nez contre une manche de mon gilet, je renifle. Rien.

— On s'habitue rapidement aux odeurs étrangères...

Camil et moi demeurons muets durant quelques minutes.

— Pardonne-moi, Élise. C'était impoli de ma part.

La voiture roule et les arbres défilent. Mains sur les genoux, doigts courbés, je me sens comme une jeune fille lors de ses premiers rendez-vous amoureux. Cela fait tellement longtemps... Ce sentiment que quelqu'un désire être près de vous...

Avec des intentions.

Depuis Jean, je n'ai pas *refait* ma vie.

*

Se succèdent les soirées. Les promenades sur les rives de la rivière. Les repas où voir un homme manger avec appétit. Écouter les récits enjolivés du passé.

Avoir l'impression irrationnelle de tromper Jean.

*

Camil me quitte après un baiser impétueux. Je le suis des yeux avec, sur mes lèvres, son goût et des questions particulières...

Ressemble-t-il à Jean ou est-ce mon imagination? Certes, Camil est âgé et ses gestes sont précis comme...

Tous les gestes d'hommes ramenés à un seul d'entre eux. Un seul, présent quelque part du côté des plaies et de la mort.

Dehors, le vent est tombé. Bientôt, le son des grillons. Je rentre dans le chalet.

Je n'invite jamais personne à y pénétrer.

LES CORNES DE LA VIERGE

— Mademoiselle Élise Olivier?

Le livreur me tend une enveloppe. Un court mot griffonné près de l'adresse : «Je ne crois pas que tu aimes recevoir des fleurs! Camil, X sur tes lèvres».

Enveloppe déchirée, un billet d'avion sous le papier.

Les allumettes et la corbeille sont à la portée de ma main. Celle secouée de tremblements. Il suffirait d'une flamme pour me simplifier la vie. Un petit feu et exit le billet de promesses.

Trop facile de m'étourdir — en me faisant voir les lumières d'une ville étrangère — puis de me déposséder.

*

Je regarde la page couverture du *National Geographic* que j'ai fait encadrer. On y voit un mannequin de plastique recouvert de pierreries et d'objets kitsch. Cette femme — dos aux lumières de nuit d'une cité — a deux cygnes dans le dos et des bois de cerf sur la tête. C'est ma reine fantasque, ma diva excentrique, ma Vierge décadente et cent fois plus mystérieuse que celle — nimbée de lumière bleue — exposée dans l'œil-de-bœuf du couvent où j'étais pensionnaire durant mon secondaire.

Jean obtenait, depuis quelques années, des bourses généreuses. Elles lui permettaient de m'envoyer, la semaine, dans un pensionnat pour jeunes filles.

Les dimanches soirs, je me retrouvais donc avec mes manuels scolaires, mes polars, mes vêtements, mes aiguilles de tristesse fichées dans le cœur, dans le ventre.

Dans la grande salle, des dizaines de filles émettaient de stupides cris de surprise, valsaient, se caressaient dans un flot de paroles. Puis, à l'heure où le parc non loin du pensionnat devenait gris et mystérieux, les sœurs nous faisaient monter — deux par deux, en rang, en silence — le grand escalier. Autour de nous, les boiseries vernissées, si luisantes.

Les sons du soir me parvenaient : cris, objets qui tombent au sol quand on vide ses valises, glissements de semelles de mules, tuyauterie, crachats mentholés sur la porcelaine des éviers.

Seule dans ma mansarde, isoloir chéri, j'avais l'impression de vivre dans l'annexe d'une ruche. Cela me convenait parfaitement.

*

La première nuit d'une nouvelle année scolaire, il n'y avait jamais assez d'oxygène. Je m'épuisais à tenter de me calmer. Je craignais qu'une surveillante, alertée par mon souffle, me visite.

Me faire oublier.

M'oublier pour ne penser qu'à mon oncle.

L'odeur d'encaustique imprégnait déjà literie et vêtements, chassant celle de Jean. Le pensionnat prenait possession de mon monde.

Deux heures du matin et des poussières.

Je sortais de ma chambre qui faisait partie de l'annexe du grand dortoir. Annexe des filles sages.

Dans le dortoir principal, j'entendais le bruit particulier de la première nuit. Bruit composé des divers sons de la douleur : soupirs pour l'ennui, pleurs étouffés — ah! les amourettes! —, ressorts qui grinçaient sous le poids du corps plein de stress, d'insécurité.

Je marchais à pas de loup dans l'allée qui mène aux toilettes. La première nuit, les filles tiraient le rideau orange de leur chambrette. Ces *camarades* devaient certainement apercevoir l'ombre de ma maigre silhouette?

*

Les journées passaient.

Contrairement au hâle qui s'estompait, les récits amoureux, maintes fois racontés, se magnifiaient.

Moi, bouche fermée, j'avançais entre les zones de murmures.

Je refusais de me doucher tant je souhaitais tenir à distance ces filles trop curieuses.

Mais parmi elles se trouvait l'exception : une Ballerine. Elle bénéficiait d'une autorisation spéciale pour s'exercer, le soir, dans l'annexe.

Cette danseuse portait des chaussons de ballet ainsi que des bas d'échauffement pelucheux. Elle faisait ce qu'elle voulait de son corps curieux. Elle faisait ce qu'elle voulait sans orchestre ni spectateur. Elle ne savait pas que je l'espionnais.

Après ses étirements, elle s'assoyait sur l'îlot central où se trouvaient, encastrés, des lavabos aux fonds recouverts de vert-de-gris. Elle se recueillait, enlevait la mousse sur ses bas. Particules rondes jetées au fur et à mesure dans l'un des lavabos.

À son départ, je m'approchais de ce dernier pour y prendre les mousses. Je les glissais dans ma taie d'oreiller.

Ah! Danser!

Oui, danser contre un corps tiède qui vous prend, vous soulève — si haut! — jusqu'à la peur et l'ivresse.

Contrairement à la Ballerine, je m'enroulais parfois autour d'un homme.

Nous étions donc deux danseuses dans ce pensionnat. Deux *sœurs* en mal de partenaire. Indéniablement, deux solitudes.

*

Novembre l'interminable.

Les lacets glissaient entre mes doigts. Ces lacets qu'il fallait tirer, nouer pour éviter les blessures à la cheville.

Sitôt le cours de l'après-midi terminé, je me dirigeais sans entrain vers le parc gris et clôturé. La glace inégale me forçait à patiner lentement dans les allées, au son de la radio.

Aucune griserie.

Non loin, les enfants de l'école primaire couraient comme des bestioles affamées. Ils rentraient chez eux. À la vue de cette scène, suffocation. Plomb au cœur, au ventre.

Coup de patin, mains jointes dans le dos, flocons fondant dans les cheveux. Odeur de laine et de glace aux narines.

Devant le manège vandalisé, j'imaginais la Ballerine, sur des patins aux lames de platine, qui effectuait des figures impossibles au son d'une musique qui me rappelait la langueur des après-midi nuageux de mon enfance.

*

La Ballerine ne portait rien sous la blouse blanche de son uniforme. Quand elle enlevait son cardigan, on apercevait l'ombre sombre des mamelons et quelques taches de sauce.

Elle avait un nom de scène qui l'auréolait, la rendait inaccessible. Jusqu'au jour où elle m'a souri avant de s'engouffrer, sautillante, dans sa classe.

Ce sourire ravageur n'était ni franc ni véritablement amical. À l'époque, je n'avais pas pris cela en considération.

Cette nuit-là, je fis le décompte des mousses rondes et grises camouflées dans ma taie d'oreiller. Paquet doux au creux de mes mains. Chatouilles sur le bout de mon nez quand je respirais cette collection. Étrangement, l'odeur du pensionnat n'avait pas imprégné ces mousses.

*

Un soir, juste avant l'heure d'étude obligatoire, la Ballerine m'entraîna dans son dortoir. Sur son lit, une dizaine d'enveloppes postales bordées de parallélogrammes bleus et rouges. D'une écriture ronde, des noms de famille étrangers, des noms de villes européennes. Une géographie de l'amitié, un voyage autour du monde.

La Ballerine — tout en sortant une poignée de timbres d'une des poches de sa jupe-culotte — m'entretenait au sujet de sa correspondance. Il était question d'amitiés solides comme le roc, de son ennui, de cette école détestable.

*

Je prenais du retard dans mes travaux, car, chaque soir, j'écrivais dans l'urgence à des étrangers touchés par la grâce. Amis intimes de la Ballerine qui défaisait son éternel chignon avant d'aller dormir.

Je leur confiais combien j'aimais leur danseuse adorée.

Ces lettres, je les percevais tels des billets de faveur pour l'amitié. La Ballerine ne m'avait-elle pas fait cette promesse : *«Si mes amis m'écrivent du bien à ton sujet, alors...»*

Ma chambre se peuplait de l'ombre des amis étrangers quand la Ballerine, trop souvent, y pénétrait. Pirouettes, révérence avant de m'emprunter divers objets.

Subtilement, ma chambre, ce monde, se vidait.

Mais j'ai l'habitude des murs nus. Du silence.

*

Autour de la Ballerine, astre blanc, gravitaient de nombreuses filles qu'elle m'assurait détester.

Je ne voulais pas entrer dans la ronde, et ce, malgré la présence de ma nouvelle amie. Je tentais de m'esquiver. Peine perdue. À la vue des regards appuyés et des sourires déformés par la malice, un lent frisson partait de mon dos pour se glisser jusqu'à mon sillon fessier. J'étais l'objet de toutes les curiosités pour la cour de la Ballerine.

Je cherchais l'attention de mon amie, mais elle se refermait comme une huître. La ronde de filles se resserrait autour de moi. Je tentais d'être cohérente, voire spirituelle.

Que des balbutiements, des syllabes hachurées par l'angoisse.

Reculer, jusqu'à une brèche entre les filles. Oui! Reculer! Quitter cette scène figée.

«— *Voyons, reste!* »

Mon *amie* me tenait le coude fermement, me prenait par le cou.

«— *Si tu savais, Élise, combien il me plaît d'annoncer à mes amies que j'ai un robot! Un petit chien de poche!* »

La Ballerine riait de mes larmes, de ma lassitude. Tournant autour de moi, l'œil vif, elle me gratifiait de remarques acerbes.

«— *Laisse-moi toucher ton dos, Élise. Tiens tiens... Tu as des vertèbres!... Étonnant!... Vraiment étonnant...* »

*

Les fins de semaine à l'appartement, du pareil au même et de la poudre aux yeux.

«— *C'était bien à l'école? Tu aimes toujours?*
— *Oui...*
— *...*
— *Jean?*
— *...*
— *Je peux dormir près de toi?* »

*

Un soir, la Ballerine, courroucée, entra dans ma chambre sans m'avertir. Comme à son habitude. Plus tôt dans la journée, j'avais osé prendre congé de son cercle d'*amies*.

Dans la chambre, elle dansait au rythme de son souffle. Ses gestes gracieux cachaient des manigances musclées. Manipulation, étau. Elle ruminait des plans d'encerclement, des desseins cruels. Elle dansait au rythme de son souffle, ne reculait pas, comme moi, au premier signe de foudre.

Il était malheureusement trop tard pour lui couper les jambes, la langue.

Assise sur mon lit, la Ballerine faisait d'interminables jeux de doigts dans mes cheveux qui dépassaient du cocon de draps dans lequel je m'étais réfugiée.

«— *Élise, il y plein de nœuds dans tes cheveux.*»

Cette tendresse dans le geste, je la pressentais comme un leurre. Une manière de tirer sur les mèches avec une fermeté croissante, de posséder. Moi, tendue, avec le mutisme comme moyen de défense.

Si peu pour faire tourner les talons à cette fille.

*

Le lendemain, au déjeuner, la Ballerine me demandait sans relâche de lui accorder mon pardon. Mais ce mot demeurait dans ma gorge comme le morceau de muffin aux carottes.

Même si j'avais oublié l'instant vif de la douleur au moment où la Ballerine avait tiré mes cheveux, j'entendais continuellement le bruit sec quand la petite touffe a été arrachée...

Voyant mon incapacité à prononcer le mot rédempteur, la Ballerine éclata en sanglot. Déferlaient alors : l'ennui, la pression de sa famille, les pieds continuellement endoloris, l'agressivité difficile à brider...

«— Ça va... ça va... *Tu es pardonnée.*»

Question de terminer, dans le calme, mon repas.

*

Plus les semaines s'écoulaient, plus la Ballerine se rapprochait de ses os. Sa chambre empestait la bile.

Elle mangeait si peu. Et quand elle ingurgitait une cuillérée, je tremblais.

Je savais ce qui m'attendait.

Le cœur au bord des lèvres, je posais une serviette d'eau froide sur la nuque gracieuse de la Ballerine agenouillée devant la cuvette. Je voyais le reflet du visage qui se brouillait au moment où la bile fusait.

COMME UNE ORANGE

Des canetons glissent sur la surface sombre, piquée d'ocre, contournent les feuilles mortes et mouillées.

Le jardin du Luxembourg dans la grisaille. Le ciel qui se prend pour de la pierre à statue. La clôture de fer forgé et l'eau noire de la fontaine qui contrastent avec les verts vibrants, humides.

Un joggeur nous dépasse, évite de peu une chute.

— Le jardin t'éblouit, Élise?

Nous cherchons un banc libre.

— Non, pas là! Les ruches ne sont pas loin!

Camil camoufle son sourire à l'aide de sa main gauche sans auriculaire.

— Ne sais-tu pas Élise que l'abeille meurt après une piqûre...

Il me saisit par les épaules, m'attire contre lui, et à mon oreille :

— Triste tout ce miel en moins...

Ses lèvres sur les miennes, gercées.

— Triste...

*

— Tant de gens me font penser à l'eau du bassin de la fontaine de Médicis. Opaque, miroitante... D'un tel calme. Mais sous elle, des strates et des strates de feuilles en putréfaction.

— J'ai l'impression Élise que les vivants t'effraient.

— C'est leur potentiel amoureux qui m'effraie.

Camil glisse ses doigts entre les miens.

— On ne t'a pas épanouie...

Une poigne invisible saisit mon ventre. Elle serre... desserre... serre... desserre comme si elle tentait d'extraire un poison aigre-doux.

Camil croit que je me recueille. Moi, j'observe le ticket de métro qui se trouve dans le cendrier au centre de notre table. Il présente un espace parfait pour y noter un numéro de téléphone ou un mot tendre.

Je sors un crayon à mine de mon sac. Prends ma plus belle écriture. Glisse le ticket dans la main de Camil, referme ses doigts sur ma demande : «Offre-moi des fleurs, XX».

*

De retour à l'hôtel, Camil remplit le seau à glace d'eau fraîche. Je coupe, à l'aide d'un ciseau pour les ongles d'orteil, les tiges des fleurs qui embaument la chambre.

Promesse : je ferai l'amour quand elles seront fanées.

*

L'eau coule de la douche, forge l'obsession de boire. L'eau vive qui glisserait en moi, déshydratée par les alcools bus au souper.

J'entrouvre la porte de la salle de bains, aperçois Camil dans la cabine de douche.

Il se masturbe.

Yeux fermés, front appuyé contre l'une des parois vitrées. Tout à son plaisir, son radical désir de jouir. Seul. En ses pensées.

Il ne remarque pas ma silhouette dans l'embrasure de la porte. J'hésite, entre.

Ma tête dans le lavabo, la soif à tarir à même le jet, à même la voix de Camil qui bredouille :

— Euh! Je... je ne t'avais pas entendue!

Voix assourdie, feutrée. Presque inconnue.

— Termine Camil. T'occupe pas de moi.

Je referme la porte. Trop tard pour ravaler ma réplique.

*

Les draps frais à l'odeur impersonnelle. Une plage de sable que la mer purifie. Aucun repère. Vertige que de dormir plusieurs jours dans un hôtel et ne jamais retrouver notre odeur quand vient le moment de l'amour ou du repos.

Une dépossession.

Je peux bien avoir des troubles de sommeil depuis le début des vacances.

Quand je ferme les yeux, des taches de couleurs vives — comme si j'avais fixé une source lumineuse — persistent. Elles prennent la forme des pétales.

Les escaliers jusqu'à la nuit. Bourdonnements. Des libellules, tiges vertes ou bleues comme des veines, se posent sur moi. Elles entourent mon cou, cherchent la fleur et...

Sursaut! Bouffée d'air. Le toussotement de Camil m'a tirée hors du rêve.

Aucune libellule dans la chambre.

Je me roule dans les draps, me rapproche de lui, caresse son dos. Temps d'arrêt. Je reprends le mouvement, tressaillement. J'approche ma bouche de l'oreille de Camil pour lui murmurer mes visions de libellules et de veines :

— D'une telle beauté... Comme un premier amour. Ma mère l'été, à la brunante, les cueillait sur les fleurs pour me les offrir. Du bout des doigts, je saisissais leurs ailes et leur corps se courbait.

Mon amant me tourne toujours le dos. Sa main cherche la mienne.

— Tu imagines, Camil... Faire tenir ensemble des libellules pour créer une parure mouvante qui flotte autour du cou.

Il frotte ma paume. Je ferme les yeux, mais les libellules ont disparu. J'effleure mon cou nu. Je ne porte plus de ces perles offertes par mon oncle. Gouttes de sperme qui glissaient, suivaient le relief osseux de la gorge, coulaient entre mes seins jusqu'à mon nombril.

*

La baignoire se vide. Face au miroir, j'entrouvre mon peignoir. La paume sous l'arrondi du sein gauche, l'index et le majeur pour former un angle. En plein centre, une minuscule marque faite par Jean à la pointe de l'aiguille pour devenir frères de sang.

— Nous ne nous quitterons donc jamais...

*

À pleines mains, les tiges sèches sur lesquelles l'eau glisse. Sur le tapis, des ronds sombres marquent mon trajet jusqu'à la fenêtre que j'ouvre pour lancer les fleurs fanées dans le matin. Taches pâles étalées sur la rue. Papiers de soie chiffonnés.

Camil me prend par la taille. Il défait le nœud du cordon de mon peignoir, pose une main sur mon sexe, entrouvre mes lèvres.

— Ce ne sont pas toutes les fleurs qui se fanent...

Le menton au creux de mon épaule, il parle le langage des amants qui ne partagent rien d'autre que leur corps. Je sais si peu de la vie de Camil. J'aimerais qu'il me raconte comment chacune des rides de son visage s'est creusée, qu'il me dévoile ses mots fétiches, qu'il recrée, pour moi seule, les villes qu'il a traversées.

Mais moi, en échange, je n'ai que mon corps.

— Je vis, j'enfle et jouis. Mais toujours cette peur... Tu sais, il y a tant de souvenirs de femmes mortes qui rôdent autour de moi... Comme si j'étais déjà des leurs.

— Quels souvenirs, Camil?

Il hésite. La bouche contre ma chevelure, la bouche près de mon oreille. Tout bas, les mots :

— Je marchais sur la plage. Nous étions trois. La mer, une inconnue ensommeillée et moi... Je m'approchais à pas de loup de la beauté nue. Du fait que je désirais assister à son éveil, je me suis assis près d'elle. Après une centaine de ressacs, elle s'étira avec langueur pour que le soleil la voit bien, la couvre totalement. Ensuite, elle est redevenue immobile. Les yeux fermés, cette femme ne me ressentait pas. Peut-être que je ne dégageais pas suffisamment de chaleur? Je réfléchissais à cela quand, tout à coup, sa voix : «Je vais mourir.»

Saisi par le bris du silence, le propos si grave sous le soleil, je suis demeuré coi. La femme regardait le ciel, un mince sourire aux lèvres. J'étais mal à l'aise, démuni... J'étirai alors le bras pour atteindre le sable humidifié par les vagues. Je modelai des pâtés de sable que je disposais autour de moi. Ainsi, je me sentais moins nu.

Je jetais des coups d'œil envieux à cette femme si dense. Elle dégageait une telle sérénité, malgré le présage de mort qui rôdait autour d'elle, que je me laissais aller à l'indolence, au sommeil...

Quelques heures...

Je m'éveillais à temps pour apercevoir l'horizon masquer à demi le soleil... Quant à la femme... La femme?... Volatilisée! La vague qui, à chaque ressac, léchait la grève, remplissait l'empreinte féminine sur le sable. Ce, jusqu'à la faire disparaître. Jusqu'à en faire le secret de la mer.

Camil me tourne vers lui, son visage s'approche du mien. Si près que je crains qu'il ne voie dans mes yeux le visage de Jean en hologramme. Moi, je n'ai pas de secret. Seulement de la honte et des blessures qui ne cicatrisent pas.

Nous nous embrassons. J'imagine qu'à côtoyer le rose humide et doux à l'intérieur de nos bouches, notre salive deviendra eau de rose.

*

Camil s'accroupit face à une pierre tombale à l'inscription devenue illisible.

— Cet anonymat qu'exerce la nature m'effraie. J'ai beau savoir où se trouve la dépouille de ma femme, je ne peux imaginer que s'efface son nom.

Frottement du pouce et de l'index qui ont effleuré la pierre. Calcaire, poussière brillante.

— Éli, comment as-tu embaumé ma femme?

*

Sur le sentier, un pigeon mort. Le vent fait gonfler ses plumes. Camil tasse l'oiseau avec le bout de son soulier. À la place qu'occupait le corps, une empreinte humide.

L'émotion nous surprend.

Entourés de tombes et de riches monuments, nous nous attardons devant le cadavre d'un pigeon.

— Petit, je retrouvais sur le parvis de l'église, près de chez moi, des oisillons tombés de leur nid perché sur le rebord de l'œil-de-bœuf. Ils n'avaient pas de plumes. Leur peau, translucide et rose, laissait voir leurs veines. Une fois, j'ai frôlé du doigt l'un de ces bébés... J'ai retrouvé, plus tard, cette sensation.

— Quand?

— À la naissance de mon fils. À l'instant où je l'ai pris dans mes bras...

Dans ce cimetière, Camil et moi ne trouvons rien d'autre à dire que des gravités qui nous dévoilent beaucoup plus que quelques semaines passées à nous regarder avec curiosité.

— On se perd à travers toute cette mort!

J'acquiesce, l'esprit ailleurs depuis cette histoire d'oisillons translucides et de fils...

Camil tire sur ma manche, pointe un banc où nous nous asseyons. Pour éviter les images, je m'attarde aux troncs texturés, aux feuilles, aux verts. Surtout à la tendresse des verts autour de moi.

Trop tard.

Je me revois transparente et sans secret face à Jean.

Camil s'approche, détache deux boutons de ma blouse, glisse sa main. Le cœur sous la peau, les pulsations, le souffle. Doigts près des aisselles moites, doigts sur l'épaule à la chair rare. Maigre, je suis près de mes os. Près de la mort.

Alors, il me faut respirer. Respirer pour ma mère, pour la femme de Camil, pour la légèreté des plumes que le monde a en moins, pour les morts dont la pluie et le vent ont effacé les noms sur la pierre. Respirer pour faire une brèche dans le silence du cimetière.

— Il y a beaucoup de fleurs séchées ici.

— Tu blasphèmes, Camil.

Il ne rit pas, me fait une caresse plus appuyée, provocante. Je donne un peu de miel, je me dis oui.

Car aujourd'hui les fleurs sont fanées.

*

J'attends Camil, parti acheter du vin et des oranges.

Le soleil, très peu.

Les ombres funéraires s'étirent jusqu'à mes pieds.

*

Un regard complice et nous pénétrons dans un mausolée. Camil s'assied et je prends place entre ses jambes. Il me saisit par les reins pour me rapprocher encore plus de son ventre doux, m'entoure de ses bras.

*

Déjà l'heure de la lune.

Camil m'étreint. Il extrait le sommeil contenu dans mon corps. Je hume mon amant. Il dégage une odeur qui rappelle celle du pain frais. Petite tendresse au cœur de la nuit. Sur ma nuque, le souffle de l'amoureux. Tout souffle, tout paisible que cet instant.

— Tu as rêvé, Éli?

— Toi?

— Oui. Tu attendais un bébé. Cachée dans ce mausolée du cimetière du Père-Lachaise, tu étais entourée de feuilles d'automne. Le squelette de la femme, sous nous, veillait sur toi. À chaque jour, je venais te porter de bons petits plats.

— Et pourquoi je me cachais?

— Pour que seuls la vie et les travaux de ton ventre t'intéressent. Ici, aucune distraction.

J'aimerais murmurer certaines paroles. Or, ma voix manque d'eau. Les émotions requièrent trop de liquide. L'intérieur de ma bouche est tiède et sec. Son de terre. Réplique un peu rude.

— Laisse ce rêve mourir ce soir... Laisse-le...

Camil me frôle comme la vie frôle les grandes douleurs. S'il existe un mot pour désigner ma confusion face à son silence, je ne veux pas l'entendre.

Pour la chaleur et l'intimité, des caresses lentes sous les vêtements. Un doigt glisse dans mon sillon fessier. Je pense au doigt manquant de Camil. Où se trouve-t-il? Sa maman le conserve sûrement dans le secret de son ventre.

Étreintes, déboutonnage. Et l'un prend l'autre dans l'espace. Cela fait si longtemps qu'on n'a pas tenu un être humain entre nos bras. Étendu sur moi, Camil me couvre. Mais pas totalement. Naguère, mes jambes n'étaient pas si longues. Ni mes cheveux, ce tissu de pudeur sur mes seins. Ce tissu de beauté qui s'étalait, chatoyant, quand, sous le joug du plaisir, je rejetais la tête en arrière.

Il reste des vêtements sur nous, et l'amant exacerbé enlève ces étoffes, ces dessous. Je frissonne, couchée sur la pierre froide et granuleuse du mausolée. Sous nos corps cassent les feuilles des automnes passés. Fragile végétation. Fragile comme moi qui refais les gestes du don, de l'accueil au sein du nid d'eau.

Qui attends, silencieuse et fatale, le saccage.

— Des bruits, amour, écoute.

Soucieux, Camil tend l'oreille. Mais les seuls bruits de nuit sont nos souffles. Rien de suspect pour nous, clandestins, et je lui dis :

— Je n'ai pas peur de toi!

Car, entre nous, il n'y a pas de lien du sang. Oh non! Je n'ai pas peur! Je ne veux pas, même si j'entends encore Jean me dire : *«Crains l'homme seul. Il veut jouer à des jeux rouges avec toi!»*

Allons! Amusons-nous à jouer au couple. À faire les amoureux émus de voir, dans la luminosité lunaire, leurs sexes pourpres et luisants comme des poupons ou des fruits gâtés.

— Tu m'envoûtes, Élise. J'aimerais te marquer à vie.

Il te faudra entrer lentement, glisser jusqu'à mon cœur. Je dois m'habituer à toi, à ton prénom qui voile le souvenir de Jean.

Si vite la dureté sur ma cuisse entre les jambes d'homme.

Lequel?

Je cherche le signe, le doigt incomplet, voilà! Je touche, je sais. Alors, pourquoi le doute persiste dans la noirceur?

Ne plus bouger. Se laisser mouvoir tendrement. Accepter le plaisir sans combattre. Pour être inondée de doute? J'écarte mes cuisses, j'entends la mer ainsi que mes cris d'enfant, retiens mes larmes... Si je m'abandonne, il y aura sanglots. D'étranges sanglots de vierge décontenancée par la violence du geste... Les mots préalables! Où sont les mots préalables? Ces : *«Je t'aime ma jolie ma toute fleurie ma toute fendue»* — que les lèvres de Jean esquissaient contre mon front avant de glisser son sexe en moi.

Toute nue, toute crue, je cherche à associer un prénom et des paroles aux gestes. Besoin d'entailler l'ambiance langoureuse qui s'oppose à quelques sensations. Mais que des mots gras et crus en bouche : *«Ton sexe, une huître.»*

Un reste de table.

Jean ne me goûte plus depuis longtemps. Lui qui aime ce qui est cru : steak tartare, poissons gras et salés recouverts de sauce blanchâtre. La chair nue, non transformée. La chair fraîche. Celle de la proie qui ne peut fuir les hommes quand ils glissent leurs doigts, leurs langues, leur sexe où cela s'insère. Lieu mielleux et tendre pour hommes, bébés, objets.

Je suis nue, crue et belle et *voluptueuse*. Mot formé par la bouche de l'amant contre ma joue, mon cou, mon ventre... Sexes contre cuisses... Ma vulve, fleur vivant dans la noirceur... Cramoisie de mes joues couvertes de pleurs...

Mon corps couvert d'un corps...

Lequel?

Qui me cloue au sol, toutes veines battantes.

Je suis à l'imparfait, au passé dans le paradis juste à l'orée — bientôt chassée — je reste fermée. *«Ouvre-toi, bon sang!»* Telle une fleur, ouvre-toi... Comme une enfant malade à la vie et aux sirops, *«Ouvre-toi!»*. Comme le ciel quand l'éclair aigu provoque la lumière chaude sur la peau léchée — celle de mes reins. Mais c'est non! C'est non! C'est la honte des suffocantes jouissances quand pour l'oncle je tournais de l'œil... Et tendrement il m'affectionnait avant de m'ouvrir brûlante et nervurée je bascule le bassin et l'esprit chavire... Secouer ma tête pour tenter d'évacuer les images et les noms et les rituels...

Pour m'en sortir!

Le plaisir stagne à égale distance du ventre et de la gorge.

Tant d'années sans baiser... Incapable! Mais ce soir, c'est chaud! Les nuits à Paris sont chaudes comme dans les chansons et les souvenirs des amoureux.

Le sexe est trop humecté, le cri vient à la gorge... Ravalé.

«Prends tout!»

Saturation. Suée.

«Concentre-toi sur la musique quand ça fait trop mal.»

Écoute les sons, les mots : *jouir, je t'aime* et *Jean*. La lettre J de mon enfance.

«Surtout ne dis rien à personne, je compte sur toi...»

Pour l'amour, ne dis rien, mais prends tout... Que oui!

«Sinon...»

Le sol se dérobe...

*

Coudes écorchés, névralgies çà et là. Sel sur les lèvres, les yeux. Ça me fait pleurer. Camil, la tête contre ma poitrine, somnole. Je lui touche l'oreille, la joue pour qu'il se réveille. Je veux qu'il se retire.

Nous sommes à l'étroit. Deux bêtes confuses dans le noir. Au matin, nous quitterons le mausolée. Je marcherai au bras de l'amant avec ma gueule de fille baisée. Baisée bien creux sur le dos. Au-dessus des ossements d'une jeune fille d'époque. À l'entrée principale, je m'arrêterai pour voir le monument aux Morts où Ève regarde vers le malheur.

Mon amant tend le bras vers la bouteille de vin à moitié vide. Il boit l'alcool qui lui fournit la chaleur que mon corps a eu peine à offrir...

— J'habite au soleil depuis toi, mon orange!

Il ne peut si bien dire. J'ai la peau dure qui ne console pas.

L'image se voile comme du papier photosensible. J'ai le temps d'apercevoir un jeune homme. Ce fils dont me parle Camil?

— Si mon garçon vient à apprendre que toi, jeune femme qu'on croit être ma fille, et moi... Nous deux à Paris, dans les hôtels et sur les tombes...

Je les referme ces paupières enflées sur une autre vision...

Je ne suis pas au bras d'un homme endeuillé, en train de déambuler dans un cimetière. Non.

Seule, j'avance entre les pierres tombales. J'ai les jambes en coton, flageolantes.

On vient de me déflorer.

Je suis sage comme une image. Je suis une femme de treize ans. Une femme, un jour d'été — celui de son anniversaire —, qui s'agenouille devant la tombe de sa mère.

APRÈS L'AMOUR

Je travaille dans une foire aux odeurs de crème solaire, de barbe à papa et de vomi. La femme, assise près de moi au kiosque, donne — en échange d'un dollar — un baiser.

Moi, pour le même prix, je permets aux hommes de téter mes seins.

Certains me mordent, d'autres m'insultent...

À *la fermeture des attractions, mon pécule s'élève à près de trois cents dollars en monnaie et billets humides.*

Souffrante, je rentre chez moi. Le mince tissu de mon t-shirt irrite les mamelons à vif.

Arrivée au chalet, je cherche, dans mon sac, mon trousseau de clés. J'aperçois alors les cernes rosâtres sur le vêtement pâle.

Les bouches ont fait saigner mes mamelons...

Étourdie, je me couche avec l'impression d'une mise à nu. Je pense aux salives des hommes. Ces salives qui pénètrent par les pores de ma peau. Eaux étrangères qui me montent à la tête...

Trou de mémoire.

Pourquoi mes seins offerts tels des joujoux ? Me quitte le désir de voir un homme dormir sur ma poitrine. Mes seins ne sont plus pour personne. Je les ai donnés. Je dois me rendre à l'évidence...

La Ballerine, déformée par les grâces, pénètre dans la chambre. Elle se penche vers moi, pose ses pouces sur ma figure.

— Je sens des traces de sel sur tes joues... Ne pleure pas tant... Ne te tracasse pas ainsi...

— Excuse mes larmes, mais je suis née près de la mer.

La Ballerine me prend contre son cœur. Elle est décharnée, vidée du noir comme après l'obtention d'un pardon. Ses gestes sont de l'ordre de la nuance lorsqu'elle rassemble mes cheveux en queue de cheval. Mes oreilles ainsi dégagées, elle murmure au creux de l'une d'elles :

— Va à la mer et soigne tes plaies.

Je me calme sous la délicatesse de ses doigts. Elle enduit mes seins d'onguent parfumé, me prévient de sa voix flûtée qu'il faut toujours porter attention aux paroles que les gens nous disent juste avant de nous toucher.

Je ne me souviens plus d'aucune tendresse de la part des hommes à la foire...

La pluie tombe, le temps se rafraîchit. Je glisse ma langue dans ma bouche. Ma gorge est sèche, mon rêve terminé. Je me caresse en tentant de faire abstraction du rond et doux Camil couché près de moi. Dans son sommeil, il réinvestit mon corps. Il s'endort amant près de moi, rêve à des ballets, à des soupirs qui drainent aux yeux des larmes de joie.

Dans ce lit de couple, nous sommes cinq : Camil, sa femme, Jean, une Ballerine au corps souple et moi. Dans ce lit de couple, il n'y a pas eu les sueurs de l'amour. Elles se sont mêlées à la rosée qui couvrait une tombe, quelque part au Père-Lachaise.

J'introduis un doigt dans mon vagin. Les muqueuses y sont tendres et tièdes. Je m'imagine en train d'accoucher. Le bébé s'engage dans l'étroit couloir de mon sexe dévasté par Jean. Mon poupon y blesse sa peau si sensible.

Je ne dois pas exposer quelqu'un d'autre à la douleur que font les oncles.

*

Camil dort toujours. Je m'assois à l'angle des murs de la chambre avec mon paquet de cigarettes. J'en allume une.

Derrière les tentures, un oiseau bat de l'aile. Je ne vois que son ombre. Que vaut cette dernière? Est-ce l'assurance que notre corps est bel et bien fait pour la lumière?

Entrelacés dans les poils du tapis, des cheveux. J'en arrache un de ma chevelure et le dépose au sol. Il s'enroulera parmi les autres cheveux. Ces reliques des absents.

L'HEURE DU LIVRE

Bruit sourd.

Ils lèvent promptement leurs yeux vers le plafond.

— Hubert, je vais à mon appartement... J'en ai pas pour longtemps.

Pascale habite un studio tout blanc, situé en haut de son laboratoire. Un escalier intérieur lui permet d'y accéder.

Sur le plancher de sa chambre, *La Flandre est un songe* de Michel de Ghelderode.

Chaque fois qu'elle lit les plaies d'un défunt, un livre lui tombe du ciel. La plupart du temps, ces bouquins ne contiennent qu'une phrase — subtil écho — en rapport avec le cadavre.

Elle inscrit : «Pascale». Au-dessous, le nom de la défunte — «Élise» — et la date. Elle range ensuite le volume dans sa bibliothèque — autant de livres pour autant de trépassés —, se demande quel sera son livre de mort.

Pascale prépare maintenant du café pour Hubert et pour elle. Les tasses réchauffent ses mains, ses doigts devenus gourds après toutes ces heures de lecture intense.

— Moi et ma volonté de comprendre plutôt que de préparer les corps.

8

APPROPRIATION

FEMME CELLOPHANE

J'ai rêvé que j'étais enceinte. Femme cellophane, on percevait le fœtus qui, baignant dans le liquide amniotique, évoquait une langue de porc. Les gens disaient connaître l'identité du père.

J'ai rêvé une fois de trop.

*

— Élise avec un Y?
— Non, un I.

L'infirmière remplit une fiche, puis me tend une jaquette, un bonnet et deux chaussons qui ressemblent vaguement à de petits sacs. Je les enfile, pose les pieds sur le sol. Le froid me saisit, grimpe le long de mes jambes, glace mes aines.

Dans cette salle, un seul moyen pour se distraire : fixer le bout de ses chaussons. Je bouge le gros orteil, imagine la zone cornée, l'ongle toujours trop long qui fait des trous dans les bas. Bas que je ne rapièce jamais.

Je frotte mes jambes, mes mains. Quel froid!

Entre mes doigts, des particules de peau sèche. Même blancheur que le bout de mes ongles. Je m'attarde à une multitude de détails aujourd'hui pour éviter de penser à mon ventre.

Sur le mur, entre le plan d'évacuation de l'étage et une affiche syndicale, un schéma de l'évolution du bébé au cours de la grossesse. L'embryon, à la cinquième semaine, ressemble à un e minuscule.

Un filet de voix. Un bruit de congestion tient des discours quelque part dans ma tête. Il est question de bébés odorants, de lait chaud, de draps couverts d'oursons jaunes.

Ce filet de voix inconnue bat comme une veine. Une névralgie telle une veilleuse.

Je ne sais que trop. Un enfant me mangerait de l'intérieur.

*

Je ne regrette pas ma décision. Même si — étendue sur une civière — on me fait patienter entre deux portes tel un dernier avertissement. N'empêche... Je me dois de demeurer aux aguets. La tendresse est perfide en pareils moments.

*

Il fait encore plus froid dans le bloc opératoire où des gens, vêtus de blanc, pénètrent. Le gynécologue a en tête des gestes sacrés, des pensées de sang et de scalpel précis. Il ronge son frein pendant que l'anesthésiste se présente à moi. Voilà une scène digne d'un vieux documentaire en super-8. Ne manque que l'orchestrale cacophonie et la voix atone du narrateur.

L'aiguille de la seringue perce l'embout de caoutchouc du tuyau du soluté. L'anesthésiste applique sur ma bouche et mon nez l'énorme masque à l'odeur de caoutchouc.

— Détendez-vous madame. Ce n'est que de l'oxygène.

*

Réveil.

Plus aucune trace du bonnet et des chaussons. La poitrine dénudée — on a détaché ma jaquette durant mon sommeil? — j'observe mes seins ronds, excités. Je me couvre, tousse un peu, frissonne.

Je donne des coups sur le montant du lit. Une infirmière s'approche avec une couverture. Ça ne suffit pas! J'ai si froid! Il m'en faudrait deux! Peut-être même trois... Il me faudrait aussi Jean blotti contre moi. Lui saurait calmer les hérissons dans mon ventre pour que je puisse dormir.

*

Des mères patinent avec leurs petits. Ces femmes ne sont vêtues que de bonnets de père Noël... Il y a de la neige partout, des flocons telles des particules de peaux mortes... Une femme me fait voir ses doigts sans ongles pour ensuite pointer une table où des fillettes astiquent des cuillères d'argent sous le regard d'énormes bébés affamés.

Un homme s'approche de la table. J'entends un bruit comparable à celui produit par une carte à jouer qui glisse sur les rayons d'une roue de bicyclette.

La projection débute. Des images apparaissent sur la nappe blanche. Un orchestre fait pleurer les bébés que les mères, très belles, battent en se mordant les lèvres jusqu'au sang... L'homme narre les différentes scènes.

Il n'existe aucun lieu où me réfugier, où ne plus voir les patineuses à la peau bleue.

Je tourne... tourne...

Le tissé d'un drap, je m'y couche...

Je suis très vieille...

Je meurs avec la main de ma fille sur le front.

*

Dorénavant, un corps strictement pour le plaisir!

Qui m'a déjà dit : «*Je ne te veux que du plaisir!*»?

Qui m'a déjà dit : «*Prends chaque jour ta pilule au cas où il y aurait un homme dans ta vie*»?

Qui m'a déjà dit : «*Tu ressembles à un tableau de Betty Goodwin. À peine incarnée, mais si douloureuse*»?

*

Assise dans un fauteuil roulant, puis dans un taxi, je me laisse conduire.

Je ne parle pas. Car si je ferme la bouche et serre les cuisses, peut-être que les tracas cesseront.

*

Il fait bon dans le chalet qui sent les épices et la cire.

Il n'est pas encore dix-huit heures. Je prends un yogourt et m'enfouis sous les draps. J'avale une cuillerée sure et blanche et...

Mon ventre, mes cuisses... Ce liquide dessus... Jadis...

Le haut-le-cœur crispe mes muscles.

Je vomis un peu de bile sur mes draps.

En bouche, ce goût détestable.

*

Huit... neuf... dix comprimés prescrits en cas de *douleurs*. J'en avale un, secoue la bouteille. Hochet bruyant.

Sous l'effet du calmant, mes membres vibrent comme une souris au creux des mains. Je cherche l'air libre. Ma tête sur l'oreiller. Sous ma joue, mes mains en prière... *Aux doigts qui sentent la mine de plomb, le crayon Conté.*

Doigts qui entrouvrent mes lèvres pour que j'avale : le jus, le lait, les sirops, le sperme.

J'avale mon souffle.

À bras le corps, on me soulève. Si je résiste, on glisse sous ma langue de petites pilules roses contre la nausée. Elles font dormir et dormir...

Je passe des portes et des portes et des portes... Les murs aux angles étranges. Ma tête qui roule, un ballon. Qui gonfle. Mes joues, mon front que l'on regarde avec un seul mot en bouche : fièvre.

Pour acheter mon silence, on me caresse jusqu'au gémissement voluptueux que je dois ravaler.

Corps-bocal pour recevoir et recevoir et recevoir...

Des murmures où il est question de sensibilité intense et d'incompréhension puisque je jouis de manière inadéquate...

L'éponge sur moi, la bouche pleine de petites pilules roses... J'ai tant sommeil, si froid vêtue de cette robe mouillée... Les doigts dans ma chair... dans le flux menstruel... sur mes reins et me laisser glisser... Moi, assise à califourchon sur le rebord de la baignoire tout en rondeurs et en pattes.

La porcelaine se tache...

Et les photos de cette mise en scène! Et mes vomissures dans la baignoire! Et la bonde par où je glisse... glisse... glisse sur les parois de glaise et les roches poisseuses...

Je tombe au cœur d'un souterrain aux parois incrustées de centaines de squelettes d'oiseaux. Tapisserie osseuse.

Je me lève, tends l'oreille. Gémissements des poutres vermoulues sur lesquelles sont maintenues des têtes de chevaux. On dirait des gargouilles. On dirait, au loin, des chants d'oiseaux...

Aller vers eux.

Plus j'avance, plus le chemin devient étroit. Je vais devoir ramper.

Une respiration me parvient. Elle ne cesse pas quand je retiens mon souffle.

— Élise! Élise ma fièvre! Nous sommes dans les reins de la terre. Tout au bout, les portes qui ouvrent sur l'eau. Vois mes vêtements mouillés et les algues dans mes cheveux. Vois notre prison de terre.

Jean émerge de la noirceur. Face à moi, il m'invite au creux de ses bras boueux. Me bloquant ainsi l'accès à la rivière qui gronde au loin...

Qu'un cauchemar!

Je suis à bout de souffle, en sueur. À trop se faire jouer dans le ventre, véritable boîte de Pandore, les paysages intérieurs perdent la couche de vernis qui les recouvrait.

Je suis à bout de souffle, en eau. Habitée de pensées de mer. Celle au bas de la côte escarpée où se trouvait, jadis, la maison de l'enfance. La mer est maintenant un lieu vide de sens pour moi. Un vaste symbole dont je dois dorénavant me passer.

Je ne porterai jamais d'enfant.

Avouer à Jean cette ligature des trompes? Il se donnait bien droit de regard sur mon corps qui, aujourd'hui, exalte des odeurs d'anesthésiants.

J'aimerais tant respirer la neige ou la terre. Tant poser mon nez contre une peau. Quand mon oncle me quittait, sa senteur demeurait sur mon pyjama. Certitude qu'il continuait à veiller sur moi durant mon sommeil.

Il y a quelques années, je me suis procurée l'eau de Cologne qu'utilisait Jean. Malheureusement, le parfum aimé a perdu ses pouvoirs. Au lieu de la sérénité, je me trouvais prise de malaises. Paniquée par un besoin subit d'aller le retrouver pour l'aimer...

Ou le tuer.

LE TALISMAN

J'agrafe le macaron rose à la poche de ma blouse. Petite tache joyeuse.

Il n'y a pas beaucoup de gens au musée à cette heure. Je ressens un malaise que l'écho de mes pas amplifie. Je marche lentement, légèrement courbée. La faim me tenaille.

Première salle.

D'énormes mains! Projetées sur quatre murs, elles m'entourent. Même si elles prennent des poses statiques, je perçois leurs légers tremblements. J'ai la désagréable impression qu'elles pourraient s'abattre sur moi.

«Élise, je te mettrais la main au sexe!»

Je traverse cette installation vidéo sur la pointe des pieds. Fuir. Dans la salle attenante, je me retrouve en face d'un minuscule écran de projection sur lequel des fleurs entrouvrent, en vitesse accélérée, leurs pétales. La rosée a éclaboussé la lentille de la caméra.

Moment de grâce...

Une main apparaît, inattendue comme une crise d'ennui.

Entre elle et les fleurs s'interpose le visage d'une femme.

Soudain, la gifle!

Gros plan sur la bouche d'où s'échappe un filet de sang plein de salive, de bulles.

Mes doigts se crispent.

«Papa!»

Mon cri quand mon père, de ses mains osseuses, m'attrapait par les bretelles de ma salopette parce que j'avais barbouillé les murs de ma chambre.

Gros plan sur le regard stoïque de la femme... Ce sont les yeux de ma mère! Deux mollusques échoués dans les orbites de ce visage anonyme...

Je m'approche de l'écran. Ma silhouette voile une partie de l'image. La bouche grimace. Je recule. L'ombre grise disparaît, laissant voir la main qui étrangle et la bouche qui bave et perd ses eaux.

Personne ne vient au secours de ma mère.

— On est forcément la fille de quelqu'un!

Je veux voir le corps refuser. Je veux voir le corps se battre. Mais je sais que ma mère se laissera faire. Se laissera tuer.

— Folle! Mords ta bulle de folie. Avale!

Il faudrait qu'elle n'entende que du bruit blanc avant de manquer d'oxygène.

Gros plan sur un œil. La peur dilate tant la pupille que je crois voir un œil de cheval. Un truc fou et glauque.

Ma mère se transforme en bête.

*

Il y a des traces blanches — laissées par la pression de mes ongles — sur le plastique translucide du gobelet d'eau.

Je renifle.

Maladroit, le gardien fouille dans ses poches, puis me tend un paquet de mouchoirs.

— Cette œuvre trouble beaucoup de visiteurs, mademoiselle. Mais vous êtes la première à perdre connaissance.

*

Deux calmants. De l'eau froide sur le visage.

Quelle idée stupide! Aller au musée pour me changer les idées!

Mes doigts, glissés dans la poche trouée de mon pantalon, se mouillent de la sueur à mes aines.

J'enlève ce vêtement de cuir beige — double peau trop chaude —, l'entaille au niveau du genou, découpe une large bande.

Les ciseaux toujours à la main, j'appuie l'une des lames entre mes grandes lèvres. Métal froid sur mon sexe. Le tranchant se tache de sang.

Peut-être que la noyade dans une baignoire ou la morsure à la main sont possibles?

Je m'assieds sur mon lit, m'applique à laisser ma trace sur le drap. J'ai une éducation de l'action et de la mort. Une leçon du sang incongru.

Celui qui coule des blessures faites par autrui.

Je pose la bande sur la coupure, essuie ce qui coule, referme mon poing sur le cuir rougi. Talisman.

Au-devant des yeux, j'écarte deux doigts et observe, au centre de cet espace anguleux, les murs de la chambre. Névralgie au sexe, rythme cardiaque qui diminue comme après l'amour... Et cette tendresse... Et cette soif de lèvres qui se posent sur le visage, avant le sommeil...

Temps fractionné... Effets des calmants.

Je serre la bande de cuir entre mes mains, respire par le nez. Devenir ce souffle qui entre et sort...

Apprendre de ses douleurs.

9

LIBÉRATION

LE SANCTUAIRE

Matin de café, de radio et de dessin.

Je dépose une feuille entre ma tasse et les fioles d'encre, trempe le pinceau dans l'une d'elles, glisse les poils contre le goulot pour enlever l'excédent de liquide, les approche jusqu'à ce qu'ils entrent en contact avec la surface blanche et...

Mon poignet demeure inflexible!

Depuis que mon oncle s'est manifesté au printemps, j'ai perdu le contrôle de ma main. Celle que j'ai habituée à tenir — tout comme le faisait Jean — un pinceau encré à même de belles fioles en verre. Fioles pleines d'encres aux couleurs à faire chavirer de bonheur n'importe quel enfant.

Pour moi, ce n'est qu'un autre deuil. Un petit deuil inutile.

*

Faire autre chose pour oublier.

Sur le lit, vêtements étalés, superposés. Je vais prendre mes ciseaux, découper ces habits que je conserve depuis l'adolescence. Avec les retailles, je ne ferais pas une courtepointe. Je vais recouvrir le terrain qui entoure le chalet. Tissus pour les nids d'oiseaux.

Non, je vais plutôt mettre ces souples retailles dans le malaxeur avec de l'eau de source. Je ferai, avec cette pâte, des feuilles que je remettrai à Jean. Il n'y aura rien d'écrit sur elles, mais l'oncle déchiffrera ce blanc. Il se remémorera ces étoffes qu'il m'a enlevées quand la chaleur et la solitude étaient propices.

Que faire de la robe fluide que je portais le soir, à Paris? Celle pour l'heure de l'alcool et des musiques qui incitaient à poser des gestes audacieux et pleins de vie dans l'espace. Cette robe que je portais quand je voulais me convaincre que j'étais comme ces femmes qui boivent en face d'un homme qu'elles regardent toujours dans les yeux.

Quand je revêtais cette robe, Camil me répétait — aux heures — que j'étais trop belle pour les morts. Il les jugeait responsables de mes vagues à l'âme. Responsables, surtout, de ma retenue quand, sa main sur mes seins, je prenais de surprenantes postures de chat méfiant. Je revivais, en un éclair, tant d'années...

*

Presque nuit.

138

L'été indien, la chaleur. L'odeur entêtante de la rivière envahit les pièces : humus, quenouilles, peaux de grenouille, eau croupie. À croire que le chalet baigne dans une mare. Une Venise d'eau sale, de libellules et de croassements. Les nénuphars aux tiges comme des câbles électriques. Il faut éclairer la nuit pour que les délires et les rêves ne puissent nous prendre discrètement.

Je bois de l'eau chaude.

Des scénarios de libération hantent mon esprit.

La nausée me prend, un bref instant, comme une vague.

*

Loin dans la nuit... Se referme une porte de voiture... Jean... Revient... Tu peux entrer... Jamais verrouillée... Chez toi ici... Entre... J'ai froid... Entre à ta guise...

Il s'assoit sur le lit. Dans la pénombre, il ressemble à mon oncle.

— Tu as des ombres sur le visage, Camil. Une peau de nuit.

Il allume la lampe de chevet. Je profite peu de la lumière, car voici mon amant qui penche son visage soucieux sur le mien. Voici mon amant qui baise mon nez, mes joues, mes lèvres et ma bouche s'ouvre pour répondre à ses questions.

— Le fusil? À mon père.

— Oui, je laisse toujours de la lumière dans le salon.

— Un sanctuaire?... En un sens...

— Non, je ne suis pas blessée... Vois!

Je soulève le drap.

— La porte?... Oh! pas la peine! Personne ne me visite la nuit. Tu es l'exception.

— Non, je ne sais pas tirer... Mon père ne m'a pas appris. Je ne sais pas me défendre...

— Où habite mon père?... Il n'y a pas que ma mère, non... De quelle manière? J'ai des doutes... Des scénarios insoutenables...

*

— La pluie recommence... Reste.

Un bruit d'eau se fait entendre. La bonde de l'évier est encore bouchée. Trop de liquide trop rapidement dans les boyaux.

Camil appuie son visage contre mon épaule. Il pose sa paume sur ma fourrure. La voix a des inflexions qui invitent à se lover. La voix se mêle à la pluie, la pluie et encore la calme pluie avec son lot de bruit et cette intimité qu'elle crée dans la chambre. Cette ambiance dans laquelle je baigne pour la première fois depuis des années. Depuis les soirées de contes. La voix de ma mère. Mon corps androgyne de fillette étendu dans le lit des maîtres. À la place du père. Du père à la plage.

Camil retire sa main, l'approche de son nez, lèche avec application ses doigts.

Si, physiquement, cet homme ne ressemblait pas tant à Jean, je l'inviterais à dormir toutes les nuits, près de moi, avec des questions, des plages de silences, des bouffées de chaleur...

*

Les rideaux, à la fenêtre de ma chambre d'enfant, se soulèvent sous la brise du matin.

Je suis à des années de Jean et moi.

La pluie a cessé. Les fleurs et les papillons sont couverts d'eau comme un amant qui, à l'aube, s'étend sur le corps de sa compagne pour se délecter de ses espaces frais comme la naissance.

Les rideaux à ma fenêtre se soulèvent. J'ai glissé dans mon corps de fillette. J'y suis serrée comme si quelqu'un me tenait dans ses bras.

Ma mère ouvre les portes de toutes les pièces. Elle profite de l'absence de mon père. Elle jouit de la blancheur du nouveau jour...

Elle quitte la maison, se dirige vers la corde à linge au bout du terrain. Je peux l'accompagner, car les portes sont ouvertes. Ma mère dépose, dans le panier d'osier que je tiens, les draps propres. Il y a tant de draps dans la maison. Toujours blancs. Toujours propres. Je crois que ma mère ne dort jamais dans ces draps. Je crois que mon père ne dort jamais dans ces draps. Je crois qu'ils sont des pièges de beauté. Strictement.

De retour à la maison, nous prenons l'un des draps. Nos mains se touchent. Nous nous éloignons l'une de l'autre. Entre nous, le tissu se tend et une multitude de papillons, pris dans le drap, s'envolent. Ma mère en attrape quelques-uns. Elle glisse leurs ailes mobiles sur ses paupières continuellement enflées tels de lourds pétales...

Ma mère et du maquillage aérien. C'est la chose la plus simple, la plus belle au monde. Aucun doute possible. Aucun doute, non plus, sur la nature de son sourire. Ce n'est pas l'expression d'une âme triste.

Je souris à mon tour. Jusqu'à ce qu'un embrun s'infiltre dans la maison... Le père arrive de par la mer gorgée de baleines. Il dépose sur le paillasson du hall d'entrée ses bottes qui sentent l'iode. Mon père passe près de moi sans me voir. Je ne connais pas mon père. Rarement, il me regarde. Jamais, il ne me parle. Il est tel un grand frère trop vieux pour s'occuper de la jeune sœur qui rit dans les jupes de la mère.

Les bottes sont particulièrement odorantes ce matin. Je reconnais la senteur des chambres lors des périodes de fièvre. Ces bottes toujours humides sont faites pour éviter que les poissons sachent mon père humain.

Mon père frôle ma mère qui recule. Recule loin de moi et du bonheur. Il lui dit qu'elle est sèche.

Je réplique :

— C'est faux! Maman pleure toujours l'après-midi et le soir. Surtout le soir.

Elle profite du son de ma voix — de la divergence que je crée — pour se rendre à la cuisine. Mon père n'apprécie pas ces bruits du quotidien...

Je retourne coucher mon petit corps dans mon lit...

Mais avant, je referme la porte derrière moi.

*

La tête sous le jet, j'asperge mon visage.

La porcelaine luit. Lumière libre.

La couleur des murs se discerne plus facilement.

Nouvelle barre du jour estompée par la brume.

Le salon m'apparaît différent ce matin. L'image du chaos, qui régnait depuis le printemps, fait place à celle d'une simple pièce surchargée de débris, de souvenirs. Sur les éclats de bois et de porcelaine, je veux poser les pieds. Si je parviens à prendre le fusil sans reculer, sans me plaindre de la douleur, le jour sera peut-être plus lumineux.

Je serais du côté des filles armées.

— Qu'est-ce que?... Élise recule!

Encore trois pas et j'atteins la crosse du fusil. Trois pas et ma mère fermera ses yeux au fond de moi. Elle me saura armée. Armée et sauve.

Je fais un autre pas et j'entends un grognement sévère. Une main saisit la manche de ma chemise de nuit.

— Tu saignes!

*

— Tu apprécies les peintres flamands, Élise?

— Entre autres...

Constant malaise. Constante fascination quand je regarde ces ciels si particuliers, ces visages mangés par des yeux globuleux, ces *Vierges à l'Enfant* qui ont les seins dans le cou et d'interminables mains.

Camil nettoie les légères coupures à mes talons.

— Tu ne garderas aucune marque.

Il dépose un baiser rapide sur l'un d'eux.

— Tu as les bons gestes pour guérir les blessures...

Il ne lève pas les yeux, continue de masser mon pied gauche.

— Va donc le rejoindre... Va rejoindre ton fils.

Camil tressaille... Après quelques secondes, il secoue lentement la tête. Ses caresses sont plus appuyées.

— Il y a des enfants que nous perdons. Ils se réfugient dans des mondes qui ne sont pas hostiles, mais qui ressemblent à la mort tant ils sont hors d'atteinte... Tu sais, c'est moi qui ai offert à Louis son premier orgue. Lors de mes voyages, nous avons visité nombre d'églises aux orgues grandioses. Mais c'était trop facile pour moi. Si j'avais vraiment aimé mon fils, j'aurais appris à lire la musique. Cela aurait été une véritable preuve d'amour...

— Il n'est pas trop tard.

*

La voiture s'éloigne.

Cette nuit, en pénétrant dans mon sanctuaire empreint de la présence de Jean, Camil a commencé à m'enseigner un nouveau vocabulaire fait de mots qui, jusqu'à ce jour, me paraissaient insensés : *nous, patience, plénitude. Inceste* aussi, c'est insensé. Ce mot fait partie, avec *mort,* de mes seules vérités.

En attendant, je dois saisir le fusil. Je dois laisser glisser sur la rivière les retailles de mes habits de jeunesse.

Je dois me donner du temps... Me donner...

Et je dois revoir Jean.

PAPILLONS DE NUIT

Pascale craque l'allumette et approche la flamme de la mèche de la bougie.

Dehors, l'orage. Il provoque des pannes électriques, de l'angoisse chez les jeunes enfants et de la fascination chez ceux qui peuvent regarder ce spectacle à travers une fenêtre close.

— C'est comme une veille, Pascale, tu ne trouves pas?

Leur vient l'envie de caresser le corps d'Élise, de la réconforter. Ah! s'ils pouvaient confectionner une alvéole où elle se reposerait! Il leur faudrait la patience des vers à soie, la connaissance des rituels des abeilles.

Un froissement de papier de soie se fait entendre. D'entre les cheveux en broussaille de la défunte, de minuscules papillons surgissent. La majorité se dirige droit vers la flamme.

Crépitements.

Comme de la neige, d'autres se posent sur leurs joues.

OUTRE-MER

J'ai plongé le chalet dans le noir. Par la baie vitrée du salon, la brunante, la rivière, la silhouette d'un canot.

Je tremble.

J'ai nettoyé la pièce des débris.

Le fusil, je l'ai suspendu au plafond. Canon pointé vers le nord.

Lumières.

Je m'agenouille devant la table basse, dispose un bloc de feuilles, mes pinceaux, mes fioles d'encre. Peindre un délire dans ses moindres détails. M'acharner même si le poignet, même si les doigts...

Que la dernière scène entre Jean et moi se donne à voir.

Voici déjà un trait, puis un autre. Ce petit personnage filiforme c'est moi, Élise. Et qu'est-ce que je peux bien faire? J'attends? Oui, «J'attends mon oncle sur la terrasse d'un restaurant dont, tout comme la ville, je ne connais pas le nom.

— Élise!

Jean arrive en retard et sans égard pour mon inquiétude. Il a déjà bu, déjà ri. Avec qui?

Un verre à la main, un vin acide en bouche, je tourne autour de mon oncle. Chaque gorgée d'alcool me rapproche, sans douleur, de son corps. Je consens aux mains de Jean sur mes hanches pour qu'il me découvre femme au cœur de cet endroit si chaud. Lieu des musiques, des viandes, des sourires et des frôlements.

Coups de hanches. Cuisses contre cuisses. Plus près, encore plus près nos corps. Pression de ma main sur l'avant-bras. Mots coincés — tendon de poulet ou arête de poisson — au fond de ma gorge. Quels mots pour désigner l'odeur de mon oncle? Café refroidi? Non! Miettes de biscuits? Non plus! Simplement, il sent la chair douceâtre. Animale.

Jean frôle de l'index mon cou, ma veine jugulaire qui bat vite vite. Il a ce sourire-barrière que je lui connais bien. Mes yeux cherchent les siens, hagards. Qui cause la fatigue chez mon oncle?

Ce ne sera plus jamais moi la raison de son épuisement, de ses yeux injectés de sang. Car seule et libérée.

Je suis seule et brisée.

Entre ma peau et le cuir de mes hautes bottes, le coupe-papier de l'oncle. Pour lui, j'étais un livre clos. Il glissait une lame affûtée entre mes pages non rognées, et ce, dans l'urgence et sans le moindre remords. Depuis cette lecture précoce, tout bâille. Tout est ouvert en moi.»

*

Nouvelle feuille où peindre à larges traits. Quelques masses sombres pour un décor différent. Pour que mon fantasme se poursuive. Mon oncle et moi, dans le coin de la feuille, «Chancelants et plombés d'alcool, nous nous dirigeons vers la gare. Nous nous trouvons à Bruges, ville grimoire.

Sur les canaux, les arches des ponts et leur reflet forment des ronds parfaits. Ils sont traversés par l'eau comme l'est un ventre de fille.

Mon oncle et moi marchons flanc contre flanc, mains jointes. L'harmonie fallacieuse des familles. Tendresse douloureuse, mots voilés aux détours des rues

Westmeers

ou

Oostmeers

Goezeputstraat

Helige Geeststraat

Mariastraat.

Noms hostiles qui ne s'harmonisent pas avec la beauté de la ville. Ni avec celle des enfants blonds, en pyjama, qui se penchent aux fenêtres pour souffler des baisers aux deux cygnes sur l'eau.

Devant la gare, un baiser sur mon front, un sur chaque joue, le dernier sur ma bouche à en enfler mes lèvres.

— Je rentre chez moi, à Ostende!

— Non...

Silence. Un mot inhabituel a été prononcé.

Je tends la main à mon oncle dérouté, rouge.

— Jean, n'est-ce pas toi qui me répétais : «*La vie est un territoire hostile. Ne délaisse jamais quelqu'un qui t'avoue son amour*»?»

*

J'épingle les feuilles au mur. M'éloigne, observe. Je ne me savais pas si douée pour les jeux de perspective... Et ces brèches blanches entre les zones noires... Suffisamment larges pour y glisser un désir, une idée... Au risque de perdre le fil, retourner aux encres, «Tirer les tentures de la haute fenêtre, laisser un jour, car il est hors de question que j'allume des bougies. Elles sont faites pour le bonheur amoureux.

Je rejoins mon oncle sur le lit où je m'assois à l'indienne.

— On dirait que tu as des seins... comme une fille!

Je caresse, sous le gilet, le torse. Je caresse un long moment. Jusqu'à ce que mon oncle ferme les yeux. À cet instant, je saisis, à travers le pantalon, son sexe.

L'heure du jeu.

Jean passe divers commentaires à la vue de l'image pornographique à la télévision.

— Vois, tu n'es pas la seule à avoir un ventre. Il n'y a rien de sacré à cet endroit.

Mon oncle chuchote maintenant, me touche de ses mains couvertes de cendre. Elles laissent des traces sur mes vêtements.

Je vais éteindre le téléviseur. Retire mes hautes bottes et ma culotte.

Je fouille dans l'étui à maquillage que j'utilise au travail. J'essuie la pastille rouge avec un mouchoir pour ne pas transmettre de germes. J'approche mon index luisant de la bouche de mon oncle.

— Tu veux que j'aie une gueule morbide?

Il fait la moue, presse ses lèvres peintes comme une vieille dame qui met trop de rouge à lèvres.

Satisfaite du résultat, je glisse sur mon épaule droite la bretelle de ma robe. Mon oncle retient son souffle. Je m'approche, glisse mes doigts dans sa chevelure, presse ma poitrine contre son visage, mamelon dur contre peau rêche. Mamelon qui frôle, qui glisse, qui excite. Patient, Jean attend que la pointe gorgée de sang atteigne la commissure de ses lèvres. Sa langue glisse timidement hors de sa bouche. Ses lèvres peintes colorent ma petite baie.

Je glisse la seconde bretelle.

La porte de la garde-robe entrebâillée, j'aperçois une pastille désodorisante enveloppée dans son cellophane rouge et gainée de plastique blanc.

Jean mouille son pouce, essuie avec précaution le rouge sur mes seins.

— Tu as le goût de les mordre?

Jean ne répond pas.

J'enlève ma culotte et la lui tends, chaude.

— Allez! Enfile-la!

Elle a un accroc. Je presse le bout de mon ongle contre le gland qui, tel un insecte luisant, pointe vers le tissage grossier. Petite cruauté dissimulée par le plaisir. L'oncle retient cris et craintes.»

*

Deux lignes parallèles.

«Jean s'étend sur moi et je commence déjà à me creuser...

Mais pas pour longtemps. Pas cette nuit!»

Aux trois quarts de la page, l'une des lignes cesse sa traversée du blanc.

*

«Une goutte de sueur glisse sur mon front, suit l'arête du nez, se retrouve sur le dessus de ma main qui tient l'aiguille. J'ai le cœur au bord des lèvres. Les muscles sous tension, je me tiens droite.

La flamme de l'allumette lèche l'aiguille. Je la dépose sur la table de chevet. Le métal brille sous la lumière bleuâtre de la radio. Une pièce — pour cordes et percussions — d'Arvo Pärt joue. La scène revêt des allures solennelles. Assise sur Jean, couché sur le dos, je retrousse ma robe. L'index près de mon nombril, j'indique l'endroit où la semence, jadis... Jean avait repoussé ma tête avant d'éjaculer. J'avais pensé à mon père à ce moment-là. Il devait bien faire la même chose à ma mère... Devait lui faire bien des choses...

Mon oncle, pour sa défense, me confie :

— Mais tu étais nubile et précoce... Comme ta maman.»

*

Hululement.

Brève remontée à la surface.

Le bruit du réfrigérateur, celui, ténu, d'un rongeur.

Pulsation de l'ordre de la panique. Ne pas ramasser cette fiole d'encre tombée au sol. Ne pas aller chercher une couverture. Ne pas... «Car si j'hésite, la douleur sera plus perfide. Si je tremble, la cornée se déchirera. Si je capitule, je succombe au pouvoir de mon oncle qui me sourit. Confiant, voire ému. En fait, il me croit lâche.

Jamais un mot plus haut que l'autre.

À peine quelques millimètres avant le cri de torture. Je vais jouir rien qu'à imaginer mes doigts qui maintiennent l'œil ouvert, le sang qui afflue à la surface, le relâchement du pouce et de l'index pour le clignement des paupières.

Pour l'instant, mon oncle me caresse tendrement tout en retenant mes cheveux pour me permettre de mieux le regarder.

Et les événements s'enchaînent. La folie des gestes prend des allures de danse, de parade sensuelle.

Je fais mentir mon oncle. Mentir l'image qu'il a de moi.

— Jean, tu n'as qu'à te concentrer sur la musique quand ça fait trop mal!

Mon oncle a l'aiguille fichée dans le blanc de l'œil maintenant voilé. Larmes et sang, sel et fer se mélangent. Dorénavant, une vision réduite du monde. Imparfait. Chaque regard que Jean posera lui rappellera sa blessure.

Sur nous, des ombres bleues, des ombres vertes. Au plafond, les reflets d'eau calme des canaux qui bordent l'auberge. Sereine, je m'étends contre cet homme de l'enfance. Cet homme qui a maintenant une membrane percée...

— Vois, je peux être encore ta fille de silence... Si je le désire.

Je pose un doigt près de sa douleur et dans mon sexe, lourd de sang et de sens. Dans mon sexe humide comme un escargot, je sens battre mon cœur.»

Éditions Les Herbes rouges

ROMANS, RÉCITS, NOUVELLES ET JOURNAUX

Germaine Beaulieu — *Sortie d'elle(s) mutante*
Claude Bertrand — *Le Retrait*
Louise Bouchard — *Décalage vers le bleu*
Les Images
Nicole Brossard — *Journal intime* suivi de
Œuvre de chair et métonymies
Hugues Corriveau — *Les Chevaux de Malaparte*
Bianca Côté — *Carnets d'une habituée*
Cher Hugo, chère Catherine
Faux Partages
Carole David — *Histoires saintes*
Impala
Michael Delisle — *Drame privé*
Roger Des Roches — *La Jeune Femme et la Pornographie*
Le Rêve
France Ducasse — *La Double Vie de Léonce et Léonil*
Le Rubis
La vieille du Vieux
Jean-Pierre Guay — *Bungalow*
Le Cœur tremblant
Démon, la voie royale
Flâner sous la pluie
François, les framboises et moi
Le Grand Bluff
J'aime aussi les bisons
Maman
Le Miracle
Mon ex aux épaules nues
La Mouche et l'Alliance
Où je n'écris plus rien
La Paix, rien d'autre
Seul sur le sable

Éditions Les Herbes rouges
3575, boulevard Saint-Laurent, bureau 221
Montréal (Québec) H2X 2T7
Téléphone : (514) 845-4039
Télécopieur : (514) 845-3629

Document de couverture :
Alain Laframboise, photographie couleur, *Modello vivo,* 1994
Photo de l'auteure : Caroline Durocher

Distribution : Diffusion Dimedia inc.
539, boulevard Lebeau
Saint-Laurent (Québec) H4N 1S2
Téléphone : (514) 336-3941

Diffusion en Europe : Librairie du Québec
30, rue Gay-Lussac
75005 Paris (France)
Téléphone : (01) 43-54-49-02
Télécopieur : (01) 43-54-39-15